『じゃあさ、あたしと付き合お
よ』
ラノベも
俺も
好きな
ギャル
JN019031

LIGHT NOVEL
with GAL

ラノベも俺も好きなギャル

川田戯曲

ファンタジア文庫

3319

口絵・本文イラスト　鬼猫

ラノベも俺も好きなギャル

目次

プロローグ　俺とギャル

駅の改札から外に出ると、五月中旬とは思えない強い日差しに出迎えられた。

渋谷スクランブル交差点。そこを行き交う人々の多さに、つい辟易してしまう。どうして彼らは何かに急き立てられるかのように、早足で歩くのだろう。——そんなことを考えたけれど、それも当然だった。

だって、都内に住む人達はきっと、摑みたい夢や目指したい場所があって、ここで生きているのだろうから。東京は、辿り着きたいどこかへ歩き続けている人達が多く住む地域だからこそ、俺には少し息苦しかった。

「……やっぱ、埼玉くらいがちょうどいいな……」

そんなことを呟く俺は、現在——ネットで知り合ったラノベ好きの同士『みなちょ』さんとオフで会うために、渋谷にやってきていた。

期待半分、不安半分……緊張を飲み下すように、都会の慣れない空気を吸い込む。みなちょさんとはもう半年ほどツイッターで絡んでいるけれど、顔を合わせるのは今日が始めてだった。……果たしてみなちょさんは、東京住まいだろうか。だとしたら一体、どんな生活をしているのだろう。

どんな考え方で、どんな価値観で——どれくらい、ネット上の俺とのやり取りの中で、「自分」をさらけ出してくれていたんだろうか。

考えながら、渋谷の景色に目を向ける。顔を知らない人と会う心労からか、立ち並ぶビル群がこちらを威圧しているように感じられた。忙しなく歩く人、人、人。大勢の靴音が混ざり合い、轟音となり、押し寄せる雪崩のように聞こえる。

……もし、みなちょさんが都会に住む若い男性で、ウェーイ系で……俺と見ている景色が違う人だったら、どうしよう……。

そう思った瞬間、より強い不安が俺を襲ってくる。ラノベ読みにそういう人は少なそうだけど、一つの可能性として。これから会うみなちょさんが、俺みたいなコミュ障を受け入れてくれない人だったら——。

そんな風に俺の思考がマイナスに行き過ぎようとした、その時……俺のスマホから、ツイッターの通知音が鳴った。お互い、待ち合わせ場所に到着したら一報を入れる手筈になっていたので、もしかしたらみなちょさんが先に、ハチ公前に到着したのかもしれない。

思いつつ、俺は集合場所のハチ公前へと移動しながら、DMの画面を開く。

そしたら、みなちょさんからこんなメッセージが届いていた。

『黒のオフショルニットに、白いバッグを持った、茶髪の女がみなちょだよー』

……ちょっと、意味がわからない。

黒のオフショルニット？　白いバッグ？　……茶髪の女⁉　俺は混乱しつつも、自分の情報をＤＭでみなちょさんに返信する――　『鼠色のパーカーに、紺色のジーンズを穿いた男が、俺……「ねずまよ」です』

そうして、辺りを窺っていたら……ハチ公像の傍らに立つ一人の女性が、俺のことを発見したのち、こちらに駆け寄ってくるのが見えた――。

トップスに黒の肩出しニット、ボトムスに短い黒のスカート、足元は黒のショートブーツで、肩に白いバッグをかけた、髪の長さがミディアムくらいの、茶髪の彼女は――俺がいま受け取ったＤＭの、みなちょさんの情報に酷似した、ギャルだった。

えっ、ギャル⁉　オタク男子でも、ウェーイ系男子でもなく⁉

……というか、ええと、なんだ……最初はわからなかったけど、彼女が近づいてくると同時に、気づいてしまった――俺、このギャルが誰なのか、知ってるぞ⁉

整った鼻梁、ぱっちりとした目元、グロスで煌めくピンク色の唇。ギャルだけど化粧は濃すぎず、短いスカートから伸びる脚はすらっとしており、ざっくり開いたニットの胸元からは大きな谷間が覗いている。……間違いない。制服姿でも私服姿でも、眩いほどの陽のオーラを放つ彼女は──俺と同じクラスに所属する、学校でも屈指の人気を誇るギャル、妻川澪奈(つまかわみおな)さんじゃねえか……！

そうして、俺がオフで会おうとしていたラノベ好きの同士が誰なのかに気づき、戦慄していたら──一方の彼女はとても明るい表情で、こう言うのだった。

「やっほー！　ねずまよ君！　めっちゃ会いたかった！」

……残念ながら、この日初めて顔を合わせたみなちょさんは、俺と見ている景色が違う人だった。恐らく東京住まいではないものの、俺の苦手なウェーイ系ギャルで……でも、どうしてだろうか。俺はこの時、だからと言ってすぐさま埼玉に帰ったりはしなかった。

それはたぶん、心のどこかで──彼女に、興味があったからだ。

きっと、この時の俺はそんな自分を、認めはしなかっただろうけど──。

「…………は、初めまして、みなちょさん……」

これが、俺と彼女の関係の始まり。プロローグとなる一場面。

もちろん、オタクがギャルと出会ったからといって、そんなことで俺の価値観や性格が変わったりはしないんだけれど──もし俺の人生が、一冊のラノベだったとしたら。

俺の冴(さ)えない物語はきっと、ここから始まるのだった。

第一話　ギャルとオフ会

SNSで仲良くなったラノベ好きのフォロワーとオフで会ってみたら、クラスメイトの美人ギャルだった件。

まさかこんな、ラノベの長文タイトルみたいな状況に遭遇することが、俺の人生であるとはな……そんな風に思いながら、俺は改めて彼女の容姿を確認する。——思いっきりギャルだった。軽い白ギャルじゃない。もうめちゃくちゃに白ギャル。白すぎて透明まである。ギャルなのに清潔感もあるとか、このギャル矛盾してない？

「とりま、行こっか！　楽しみだね、サイン会！」

「あ、ああ……」

何とかそんな返事だけした俺は、意気揚々と歩き始めた妻川さんに付き従うように、彼女の後ろを歩き始める。……本当に意味がわからん！　何がどうなったら俺みたいな陰キャオタクが、ギャルと一緒に東京を歩くことになるんだ⁉

ちなみに、いま俺達が向かっているのは、渋谷駅（しぶやえき）近くにある、大きな本屋さんで……そこで開催している、『転生したおかげで女神と婚約できました』——略して『転婚』の作者さんのサイン会に行くのが、今日のオフ会の目的だった。

先日、ただ会うだけじゃ勿体ないし、一緒にサイン会行こ！　と、みなちょさんの方から提案をしてくれて、だから俺達は現在、本屋の催事スペースで行われるそれに、二人で向かってる訳なんだけど……みなちょさん？　本当にみなちょさんかコレ？

「なんか静かじゃね？　緊張してる？」

「い、いや、緊張はしてないです……」

「何で敬語だし。見た感じ年齢近いっぽいし、タメ語でいいじゃん」

「…………」

どうやら彼女の方は、俺とねずまよが、クラスメイトの男子だとは気づいていないらしい。……しょうがないね。あのクラスにおける俺って、路傍の石ころと同じくらいの存在感だからね！　むしろ綺麗な石だったら、俺より存在感あるまである。

思っていると、彼女は何故かにまにましながら、明るい声音で話を続けた。

「いやつか、ねずまよとこうしてリアルで会えんの、超嬉しいんですけど！　いつもあたしの話に付き合ってくれてたの、あんたなんだ……ふふっ、あたしがイメージしてた通りの、オタク男子じゃん」

「もしかして俺いま、馬鹿にされてます？」

「や、してないって。むしろ、もっとヤバいオタクが来るのを想定してたから、特にキモくもないベーシックな男の子が来て、なんか拍子抜けって感じ！」

「フォローしてるのか貶してるのかわからん発言をするなよ」

「やー、でもマジで嬉しいなー！　──あたし、ねずまよのこと大好きだから！　こうしてリアルで会えんの、超テンション上がる！　今日はいっぱい楽しもうね！」

「…………」

屈託のない笑顔と共にそう言われ、つい頬を赤らめてしまう俺。……な、何なんだこの女⁉　どうしてツイッターでよくやり取りをする程度の知人に、こんな好意を真っすぐ投げられるんだよ。フレンドリーすぎるだろ……。

俺は思いつつ、先程からどうしても疑問に感じていることを彼女に問いかけた。

「……というかあなたって、マジで『みなちょ』さんなんですか？」

「信じてない系だ？」

「まあ、うん……あなたみたいな陽キャギャルが、ラノベ読みとしてツイッターに生息して、俺みたいなオタクと交流してるとは思わないだろ……」

「ちょっとねずまよ君。ギャルがラノベ読まないってそれ、マジ偏見だかんね？　いまの時代、そういう穿った見方はやめた方がいいよ？」

「え……その口ぶりだと、俺が知らないだけで、ギャルってラノベ読むの？」

「ううん。普通は読まない！」

「読まないんかい。何で一回俺を泳がしたんだこのギャル」

俺がそうツッコむと、みなちょさん——妻川さんは「ふふっ」と愉快そうに笑う。それから、彼女は少しばかり目を細めたあとで、滔々と語り出した。

「正直、あたしって一般的なギャルじゃないからなー。——普通のギャルはたぶん、人生しんどいなーって時期をラノベに救われたりとか、してないでしょ」

「……みなちょさんは救われたことがあるのか？」

「ん。一回だけなー？——中学一年の頃、モデルの仕事を始めたての時に、マジでなんも上手くいかんくてさー……たぶん、あん時のあたしがモデルを舐めてたってのもあるんだけど、そんな時期にたまたま見た深夜アニメがめっちゃ面白くて、そっからそれの原作のラノベにハマったの！　そんでいまは、ラノベ沼ってわけ！」

「へえ……そういう経緯が……」

「ぶっちゃけ、超楽しい娯楽って、この世にいっぱいあるじゃん？　カラオケにボウリング、BBQにショッピング——映画とか漫画、アニメだって超楽しいし？　だからわざわざ文章を読まなきゃいけないラノベって、どっちかっつーと消費カロリーの高い、消費する側がちゃんと向き合わないといけない、めんどい娯楽だと思うんだけど……なんでかな。あたしはこれが、一番好きなんだよね」

「………」

「なんでそんな好きなの？　って聞かれたら、すぱっと気持ちいい答えを持ってる訳じゃないんだけど……たぶん、この世にある娯楽で、一番自由だからかも。実際にはそうじゃないのかもしんないけど、あたし――読者からしたら、ライトノベルってめっちゃ自由な気がしてて。作者さんの想像力さえあればどこまでも行ける感じが、読んでてマジでワクワクすんだよね！　ただ、何でもありなぶん、良い作品悪い作品が玉石混淆なんだけど、だからこそ色んな作品を掘って掘って掘りまくった結果、あたしだけの名作ラノベを見つけた時には、ガチでダイヤを見つけた時くらい嬉しいっていうか――つかあたし、一人で喋り過ぎてね!?」

気持ちよく喋っていたと思ったら、妻川さんは唐突にそう言って、続けていた言葉を切る。

一方、彼女のギャルらしからぬ発言に面食らった俺は、ぽつりとこう零した。

「いつもみなちょさんが長文ツイートしてるようなことを、いま俺の目の前にいるギャルが口にしてたんだけど……もしかしてこの子、マジでみなちょさんなのでは……？」

「いぇーい、ギャルピース！」

「何だよギャルピースって。指先を下にしただけのピースじゃん。下ピースだろそれ」

「ギャルピにツッコミすぎじゃね？　──でも、これでわかったでしょ？　あたしが本物のみなちょで、これまでねずまよ君と楽しいお喋りをしてきた相手だってことが」

「まあ、うん……そっか。あなたは本当に、みなちょさんなんだな……」

みなちょさんらしい価値観を彼女から伝えられてようやく、みなちょさん＝クラスの陽キャギャル、という事実は理解したけど、俺の心の中はかなり複雑だった……ショックって言ったら彼女に失礼だけど、かなりショックかもなあ……。

だって俺は今日、ラノベ好きの男友達と一緒に遊べると思っていたのだ。それが、目に眩(まぶ)しい白ギャルと一緒に、サイン会って……ギャルなんて、俺達オタクが理解できなくて怖い人種筆頭なのだが？

そんなことを考えながら歩いているうちに、本屋に到着。中に入り、ひとまず作家先生にサインしてもらう用の本を購入するため、ラノベが置かれている階へと向かう。そうして、二人でエスカレーターに乗っていたら、隣にいる妻川がふいに、こう言ってきた。

「みなちょがギャルで、ガッカリした？」

「………」

ちょうど俺が思案していたことに近い質問を投げかけられ、ドキリとする。そのまま、俺が黙り込んでいたら、妻川さんは何故か楽しげに笑いながら、言葉を続けた。

「ごめんね、今日までギャルって言わんくて。あたしがよくつるんでる友達の中に、ラノベが好きな子って全然いなくてさ、だから匿名のアカ使って、ねずまよと絡んでたんだけど――やっぱちょっと、ラノベ好きなギャルって変かなって、あたしの心のどっかにあったのかも。ひた隠しにしてるつもりはなかったけど、だからってあんたに打ち明けもしなかったから、少しだけズルかったかなあ……驚いたよね？」

「……ああ、すげえ驚いた。まず女の子だと思ってなかったから……」

「でも、それがバレてもいいから、今日――ねずまよに会いたかったんだよね」

妻川さんはそう言うと、俺の方を向いてにこっと笑った。

それを受けて俺は、どんな顔をすればいいのかわからず、苦笑に近い曖昧な表情を浮かべる。すると彼女は、俺に片手を差し出しつつ、こう言ってきた。

「初めまして、ねずまよ君。あたしは埼玉の高校に通う女子高生、みなちょです。ガチめのギャルやってます。――以後よろしくね！」

「……よ、よろしくお願いします……」

差し出された右手を掴むことはできずに、なんとかそれだけ返す俺。すると彼女は「ほれ。握手しろよ」という言葉と共に、勝手に俺の右手を取った。――女の子の柔らかな手の感触に、この手が包まれる。なっ、何だよこの柔らかさは……！　もしかして女の子って、全身が焼きプリンか何かでできてるんですか⁉　いや焼く必要あった？

　そうしてエスカレーターを降りた俺と妻川（つまかわ）さんは、ラノベコーナーに平積みにされていた『転婚』の一巻をそれぞれ手に取った。それから自然と、この階の棚に並んでいるラノベをそれぞれ物色し始める。

　この書店の品揃（ぞろ）えの多さに、俺が感心していたら……隣にいる妻川が本棚から、一冊のラノベを手に取った。次いで、彼女はその表紙を俺に見せると、こう言ってきた。

「ねーねー！　飯田（いいだ）ぱぺる先生の絵、エロすぎん～⁉」

「わかりみしかない。なのに、下品じゃないのが最高だよな」

「ねー！　映え散らかしてるわー、この表紙！」

「『映え散らかしてる』ってなに⁉　……いや、確かに映えてはいるけど、別に散らかしてはいないだろ……むしろ、萌（も）え整ってるだろ」

「萌え整ってるの方がイミフじゃね？」

　妻川はそうツッコむと、また楽しそうに笑った。……俺という陰キャと中身のない会話をしているだけなのに、ちょっと楽しそうにしすぎでは、このギャル……。

　ただ、こうして軽口を言い合うことで、彼女が本物のみなちょさんだというのは、なんとなく実感できなくもない俺がいた。……そうか。この子がいつも、俺とツイッター上でくだらないやり取りをしてくれていた、あのみなちょさんなんだな——。

『誰かオススメのラノベ教えろ』『オススメ教えてくれないです?』——『そっちこそ、みなちょにオススメのラノベ教えてくれ、って他人のツイートに、オススメ教えろ、ってリプしないでください。自己中かよ』『一理ある!　じゃあ、オススメラノベの交換しよ!　みなちょもオススメ教えるから、そっちも教えて!』『それでは、「転婚」おすすめです!』『さんきゅー!　じゃあな、あばよ!』『約束と違うじゃねえか!』

みなちょさんとはよく、こういうやり取りをSNS上で交わす仲だった。……まさかこの会話の相手が、同じクラスのギャルだったとは、想像もしてなかったけどな!

「ん?　どした?　みなちょのこと好きになった?」

「い、いや、そういうんじゃないから……」

色々と考え事をしながら妻川さんを見つめていたら、彼女から突拍子もないことを言われてしまった。いま彼女はたぶん、冗談のつもりで尋ねたんだろうけど——三次元の女を好きになる、それだけはあり得なかった。

だというのに、彼女はわざとらしくにこにこしながら、言葉を続ける。

「えー。ねずまよがあたしのこと好きになってくれたら、結構うれしーのに」

「い、いやだから、マジで好きになってないので……！」

「そんな照れんでいいのに。素直になれよ、このこのー」

「ちょ……俺の許可もなしに、俺の頬を指で摘まないでくれる⁉　ギャルって距離感近すぎだろ⁉」

「ふふん。これがギャルなんで」

「どういう感情でドヤ顔してんのこの人」

俺の頬を右手で揉んでくる妻川に、俺はそうツッコんだ。

この女、自分がギャルなのをいいことに、気軽にボディタッチし過ぎだろ……！　誰にでも気安いのは別に構わないけど、ボディタッチをする前に、それをしていい相手かどうかは一旦考えてくれます⁉

◆◆◆

そうして、みなちょさん（妻川さん）と店内を巡り、二時間が経った頃――サイン会の開始時刻になったのでそれに参加し、無事『転婚』の作者さんのサインを貰えた俺達は、現在……目的を達成したほくほく顔のまま、近くのカフェで一息ついていた。

「やったー！　なすたけ先生のサイン貰っちゃった！　テンションも鬼アゲ！」

「な！　実際に作家先生を目の前にしたら、俺も興奮が抑えきれなかったわ……テンション鬼かき揚げ！」

「や、あたしが使ってるギャル語、適当に使わないでくんない？　ギャル舐めんなよ？」

正面に座る妻川にそう言われ、「ごめんなさい」と謝る俺。

ちなみにこのカフェは、飲み物を先に購入しておくタイプのお店で——俺はアイスコーヒー。妻川はバニラフラペチーノに様々なトッピングをしまくり、元々白かったそれを茶色い液体に変化させていた。バニラフラペチーノである意味あんのかそれ。

「やー、でも、今日は楽しかった！　ありがとね、ねずまよ！」

「……ん？　何でありがとうなんだ？」

「え？　だってあたしが『会いたい』つって会ってもらったし、やっぱめっちゃ楽しかったんだから『ありがとう』でしょ。逆にありがとう以外言う言葉なくない？」

「…………」

何の屈託もなくそう口にしたのち、にっこり俺に笑いかけてくる妻川。……それを見た俺はつい、彼女から目を逸らしてしまった。俺のそんなリアクションを受け、妻川さんはどこか悪戯っぽい表情を浮かべると、こう続けた。

「もしかしたら、ギャルのあたしにねずまよ君が緊張して、何もしゃべってくれなくなっちゃうこともあるかもなーとか思ってたけど――ふふっ、楽しかったよ。やるじゃん」

「……みなちょさんってもしかしなくても、俺のこと舐めてないです？」

「ちょ、舐めてる訳ないって。――ちょっと優しくしたらみなちょのこと好きになって、あたしに都合のいい男になってくれるかも、とか、思ってないんだからねっ！」

「思った以上に舐められてたわ。ツンデレしながら舐めるなよ、俺を」

「つか話変わるけど、ツンデレっていいよね！　あたし、ツンデレな女の子マジで好きなんだけど！　ねずまよは好き？　ツンデレ」

「たぶん、ラノベ読んでる男で、ツンデレが好きじゃない男なんて存在しないぞ」

「あははっ、マ？　――ツンデレ好きっていう嗜好があんたと一緒で嬉しいなんて、そんなこと思ってないんだからねっ！」

「ツンデレ好きの同士が見つかって嬉しい、って気持ちまでツンデレで言うなよ。ツンデレがゲシュタルト崩壊し始めてるぞ」

俺がそうツッコむと、妻川はなおも楽しそうな顔のまま、「ゲシュタルト崩壊なんか起きてないんだからねっ！」と言った。……もうツンデレっぽく喋るのが楽しくなっちゃってるだけだなこのギャル。

そう思った俺が笑いそうになっていたら、妻川はバニラフラペチーノを一口飲んで、ふう、と一旦落ち着いたのち、にこにこ笑顔で言った。

「でも、ツンデレな女の子は好きだけど、あたしはツンデレにはなれないんだよねー……ほら、あたしって意外と、思ったことすぐ言っちゃうタイプだし？　意外とね？」

「個人的には、意外でもなんでもないですけどね」

「ふふっ。——なんか、思ったことを言わないと損しちゃうんじゃないかなって、そう思うんだよね！　気に入った人には、あなたを気に入りました！　ってまずこっちから言っとかないと、これ以上気に入ってもらいにくい訳じゃん？　だからあたしは割と、気持ちを先に言っちゃうタイプなんだよ。わかる？」

「わからん。けどわかる」

「どっちだし！」

妻川にはそうツッコまれてしまったけど、それは割と俺の本心だった。俺個人としては全く共感できないけど、そういう人間がいるのは理解できるというか。

俺は内心でそんなことを考えながら、「ま、わかんなくてもいいか」と言って笑う妻川を見つめる。……どうでもいいけど彼女、今日ずっと楽しそうな顔してんな。

「てか、話変わるけどさ——実は変わんないんだけどさ」

「お前の言い回しもだいぶ変だぞ」

「ねずまよ君って、いま彼女とかいんの？」

「……いまどころか、生まれてこのかた、彼女なんかいたことないですけど？」

「ふーん、そうなの？」

そっちが尋ねてきたくせに、マジで興味なさそうな感じの相槌を打つ妻川。次いで彼女は、自身の茶髪の毛先をくるくると指で弄びながら、頬も赤らめず、さして大事なことでもないような口ぶりで、俺にこう告げるのだった——。

「じゃあさ、あたしと付き合おーよ」

「………………は？」

それは、そばにいた友達に「次、なんの授業だっけ？」と尋ねるような気安さで。そこに情熱的な気持ちが込められていないのが丸わかりな、すげえドライな告白だった。

それでも、言われ慣れていない言葉に、脳の処理が追い付かない……付き合う？　俺と妻川さんが？

可愛いギャルの告白にテンパる以前に、そもそも理解ができなかった俺はつい、妻川の顔をまじまじと見つめてしまう。すると彼女は「……なに？　あたしの顔が可愛いか、品定めしてんの？」と、からかうような笑みを浮かべてきた。こいつ、よく知りもしない男相手に笑顔振りまき過ぎだろ……笑顔ビッチじゃん……。

そんな風に困惑しつつも、俺はなんとか絞り出すように、純粋な疑問を口にした。

「え……でもみなちょさんって別に、俺のことがす……好きって訳、じゃないよな？」

「うーん……まーね」

まーね⁉

本当に好きじゃないのかよ！　じゃあなんで俺に告白なんかしてきたんだ⁉

「もちろん、嫌いじゃないよ？　キスしようって言われたら全然できると思うけど、でも――ちゅーしたい、って気持ちにはなってないかな。あははっ、ごめんね？」

「何で俺いま、告白された直後にフラれてんの……？　これがタイムパラドックスというやつ……？」

「つか、そーじゃなくて！　――だって今日、めちゃくちゃ楽しかったんだもん！　だから、なんかこいつのこと好きになれそーって思って、それでコクったの！」

「な――好きでもないのに、好きになれそうだから、それで俺にコクったのか？」

「うん！」

……ええっと、ギャルって貞操観念がガバガバなのかな？

　告白っていうのは普通、相手を好きになってからするものだろ？　それなのに彼女は、俺と一緒に今日を過ごして――こいつなら好きになれそうだなー、って思った結果、まだ好きにはなっていないものの、俺に告白してきたらしい。……告白までのスピードがF1くらい速くない？　自転車通学の俺にはついていけねえよ。

というか、やっぱギャルって理解できねえなと、俺は改めてそう感じてしまった……俺みたいな人間にとって『付き合って欲しい』という言葉は、口にできずに何年も経ってしまう可能性のあるワードだ。そういう重みが、怖さが、それにはある。

　でも彼女はそれを、何の恐怖心や思い入れもなしに、さらっと口にした。

　きっと妻川さんにとっては、可愛らしいおねだりのようなものなんだろう。クラスメイトに『宿題みしてー』と言うのと同じくらいの感覚。そんな彼女の感覚を、否定まではしないけど――俺とは人種が違うのだな、とは思ってしまった。

だから、そこまで考えた俺が、彼女の告白に対して返せる言葉は、これしかなかった。

「みなちょさんとは付き合えません。ごめんなさい……」

「マ？　そっか、テンサゲ……」

　彼女はそんな言葉と共に、ちょっと悲しげな顔をする。……本当に悲しんでる人間はテンサゲなんて言わないだろ、とは思いつつも、若干のショックは受けているようだった。

それから、彼女はフラペチーノを再度口にすると、「うま」と呟（つぶや）いたのち——もう一度、俺の目を真っすぐ見つめながら、こう言ってきた。

「じゃ、友達になろ！」

「めげないなお前！」

いまさっきフラれたことなど全く引きずっていないっぽい満面の笑みで新しい要求をしてきた妻川に、俺はそうツッコむ。そうか、これがギャルのマインドってやつか……陰キャからしたら怖いくらいポジティブだな⁉

俺は心の中でそう思いつつ、いま抱いた正直な気持ちを、飾らず口にした。

「なんで妻川さんはそんなに、俺にこだわるんだ……？」

「……ん？　妻川さん？　……あたし、ねずまよ君にあたしの苗字（みょうじ）言ったっけ？」

「あ……」

「は？　え？　どゆこと？」

口を滑らせた俺の言葉に、驚きを隠せない様子の妻川。それを受けて俺は、こうなった以上は隠し続けても仕方ないと考え、俺と彼女の関係について言及した。

「妻川さんは気づいてないみたいだけど——実は俺達、同じクラスの同級生だぞ？」

「…………あっはっはっはー。ねずまよってマジガチで面白いね？　——そんな訳ないじゃん。だって、もしあたしとねずまよがおなクラだったら、それに気づいてないあたしがめっちゃ失礼でしょ。だから、そんな訳ないっつの」

「…………」

「え、うそ……だ、だからないって！　あたしクラスのみんな好きだし、だからクラスメイトの顔を覚えてないとか、そんな――」

「…………」

「…………マ？」

俺が嘘を言っていないことに薄々感づき、顔を青ざめさせる妻川さん。それから、彼女は両手を合わせてごめんのポーズを取ると、凄い勢いで頭を下げながら、尋ねてきた。

「ま、マジでごめんね、ねずまよ君！　……ところで、ねずまよ君は、その……どういう系の名前なの？」

「……どうも、私立夕凪高校の一年D組に所属する、夜田涼助です」

「…………あー……あーそっか！　夜田か！　そーだ夜田じゃん！　何で気づかなかったんだろあたし！　こうして見るとめっちゃ夜田なのに！　やっほー夜田！」

「白々しすぎるだろお前」

俺がそうツッコむと、「……マジごめん」と真剣なトーンで妻川さんは再度謝ってきたけど、正直、そんなに悪く思う必要はないんだよな……クラスメイトで俺のことをちゃんと認識できてる人って、たぶん半数もいかないし。なにこの悲しいフォロー。

そうして俺が微妙な顔で頬を掻いていたら、唐突に顔を上げた妻川がこう言った。

「え……つか、ねずまよ君があたしのクラスメイトだとすると、これからあたしは教室でいつでも、ねずまよとラノベ談義ができる……ってコト!?」

「急なちいかわ構文やめろ」

「え、でもマジでそうじゃん！　おなクラの夜田がねずまよってことは、これから澪奈はクラスでねずまよと話し放題ってことでしょ!?　やったぜ！　あたし大勝利！」

「勝手に大勝利しないでくれます？　そもそも、クラスで話をする関係――友達になってもいないのに……」

「それに関しては、さっき言ったじゃん――彼女が無理なら、友達にはなってよ！」

妻川は脱線した話をもとに戻すように、改めてそう求めてくる。それを受けて俺がどういう顔をしたらいいのかわからないでいたら、彼女は更に言葉を重ねた。

「なんかねずまよ君は真面目くんっぽいし、だから軽い気持ちで澪奈と付き合えないのはしゃーない。うん。ちょっとあたしのプライドが傷ついたけど、許したげるよ」

「なんで何も悪くない俺が許されなあかんねん」

「でも、友達ならいいでしょ？　友達になろうぜい！」

「………………」

「え？　なんか黙り込んでるけど、どした？」

　妻川のその言葉を聞き流しながら、俺は一つ深呼吸をする。

　これに関しては、俺の方がおかしいとは思うものの、でも……とある二つの出来事をきっかけに、彼女を含めた『三次元の女』を信じられなくなった俺は、いつもツイッターで楽しく会話をしていたみなちょさんにも、こう言うのだった。

「ごめん、みなちょさん……友達も、ちょっと……」

「はあああぁ〜〜〜〜!?　あんたわがままぎじゃん！　シンプルに鬼ギレするよ!?」

「シンプルに鬼ギレやめて？　シンプルに怖いからやめて？」

　白ギャルが凄い形相で怖いことを言ってきたので、素直な感情が漏れ出た。次いで、彼女は腕を組みながら俺を睨むと、「理由、説明してくれんでしょ？」と言ってくる。

　なので俺はしぶしぶ、本来なら語りたくもない、自分語りを始めるのだった。

「実は俺、女性不信ぎみでさ……そのきっかけになった出来事が、二つほどあって——まず一つ目は、俺が中学一年生の頃。俺が姉と一緒に推してたアイドルが、ツイッターでいきなり『わたし、アイドルを卒業して結婚します！』って報告をした件だ」

「え、めでたいじゃん。応援したげなよ」

「めでたいものかよ！　結婚報告と同時に卒業報告だぞ⁉　俺達のゆなちがアイドル辞めちゃってるじゃねえか！　というか、恋愛禁止のグループだったのに、現役時代からバリバリ恋愛してるし！　あのイケメン俳優、マジで許さねえ……」

「目の色が怖すぎなんだけど。──つか、ショックかもしんないけどさ、推しが結婚なんてそんなん普通じゃん？　ねずまよはどんだけそのアイドルのことが好きだったの？」

「竜の頸の玉を用意できるくらい」

「竹取物語でかぐや姫が結婚を申し込んできた皇子に要求した無理難題の品を用意できるくらい⁉　ガチ恋すぎん⁉」

　妻川はそうツッコんだのち、けらけらと声を上げて笑った。やめろ、笑うな。いまのはボケじゃねえよ。マジでそれを用意できるくらいには、俺は本気だったわ！

「その一件があって俺は、現実の女性なんか信じないと、そう固く決意し──女性アーティスト『ArISU』に沼った」

「決意崩壊すんの早すぎでしょ。二コマ漫画かよ」

「いやでも、アイドルと違って、女性アーティストは顔とかで好きになった訳じゃないから！　俺はただArISUの歌が好きなだけで、俺がArISUに抱いてるこれが恋愛感情じゃない以上、同じ過ち(あやま)は繰り返してないだろ！　失敗から学んでるだろ！」

「まあ、それなら……？　ファンとして入れあげてないなら、別にいーんじゃん？」

「ともかく、そんな経緯で俺は、歌手のArISUを推し始めて……それから二年後。ラジオで『私マジでモテないから、誰かもらってよー』と言っていた彼女が、大きな会社の社長と不倫している事実が、ネットニュースになった」

「あー……」

「その時だよな。俺がもう二度と、現実の女性に期待しないって決めたのは」

「やっぱめっちゃ入れあげてたじゃねーか」

白ギャルに的確なツッコミをされてしまった。……そうだな。俺は決して顔ファンじゃなかった筈(はず)なんだけど、ArISUの不倫報道が出たあの時、ゆなちに裏切られた時と同じような気持ちにはなってしまったよな！　チクショウ！

「とまあ……そんな経験が二回ほどあって、俺は……もう二度と、三次元の女性を信用できなくなったんだ。——だって、女の人は裏切る。だから、彼女なんかいらない。友達もいらない。リアルの女性とは関わり合いにならないと決めて、その代わりに俺は、フィクションの世界で懸命に生きている二次元の彼女達に、愛を注いでるんだよ……」

「…………」

「そういう訳だから……俺は、あなたとは友達になれません。ごめんなさい」

長々と話したあとで、俺は改めて彼女にそう告げると、静かに頭を下げた。

……正直、他人には理解されづらい話というか、アイドルと女性歌手に裏切られたからなんだよ、と思う人が大半だと思うけど──俺はそれだけ、本気で推していたのだ。

だから、裏切られた時、本気で傷ついた。

こっちが捧げた愛と、そっちから渡された愛が、全く釣り合っていなかった──俺が捧げたものが身を削った本物だったのに、返って来たものがハリボテのなまくらだった事実に、俺は耐えられなかったんだ……。

そんな思考を重ねていたら、目前のギャルは少し言葉を選びつつ、口にした。

「いやそれ、あんたがしょーもない有名人に入れあげちゃっただけじゃん。あたしらが友達になるならないには関係なくない？　──澪奈は嘘つかないから、友達になってよ」

「そんなの、頭ではわかってるんだよ……でも、経験として俺の中に積み重なってしまった以上、俺は……三次元の女の子と友達になるのが、怖いんだ……」

「…………」

「切り離して考えられないんだよ。俺が推してた二人と、俺の周りにいる女性とを……同じ生き物に見える。──だから怖い。これ以上近づいてほしくないって、そう思ってしまうんだ……情けない話だけどな」

「……んー、そっか。じゃあ、しゃーないね。——よしよし」

いまの俺の言葉のどこに納得してくれたのか。妻川は急に、何かをわかったようにそう言うと、俺の頭をナデナデし始めた。

「な——お、お前は俺のおばあちゃんだし。せめてママみたいって言えよ」

俺は妻川さんにそうツッコまれつつ、頭をのけ反らせて彼女の手から逃げる。いまさっき女性が苦手って話をしたばかりなのに、このムーブである。ギャル恐ろしいわー……。

俺がそう思っていたら、微妙な顔をする俺を見て、妻川は悪戯っぽく笑うのだった。

「それじゃあ、そろそろ帰ろっか。——一緒に電車乗ろ！」

「あ、ああ……」

そんな会話だけして、俺と妻川はカフェから退店する。

それから、お互いになにも喋らぬまま、渋谷駅に到着。改札を抜け、湘南新宿ラインに乗り、「めっちゃ混んでんね」「ああ」という会話だけしているうちに……俺の最寄りである『さいたま新都心駅』に辿り着いた。

「じゃあ、俺ここだから」

今日は楽しかったけど、これでまた、妻川さんと元の関係——無関係に戻れるな、なんて考えながら、俺が電車を降りると同時。

彼女は俺に向かって笑顔で手を振りながら、こう言うのだった。

「じゃ、また遊ぼうね！」

「え……また遊ぼうって……」

「ばいばーい！　ギャルピース！」

笑顔のまま、俺にギャルピース（両手でピースをしたのち、それを逆さにして、指先を下に向けたピース）をする妻川さん。彼女は扉が閉まるまでそれを続け……そのうち、悪戯っぽく笑う白ギャルを乗せた電車は速度を上げ、停車駅から離れていった——。

「……友達にはなれないって断ったんだから、『また』はない筈なんだけどな……」

一応、ツッコむみたいに俺はそう呟(つぶや)いたものの、もう電車は俺の見えないところまで走り去ったあとで、だから彼女にこの声が届く筈もないのだった。

インタールードⅠ　あたしとねずまよ

「ふふっ、めっちゃ呆気に取られてんじゃん。カワ……」

さいたま新都心駅から遠ざかる電車に揺られながら、ホームに立ち尽くすねずまよを見やりつつ、私はそう呟いた。

つかあいつ、私が言った言葉の意味、ちゃんとわかってくれたんかな？

まあたぶん、ねずまよならわかってくれるでしょ。青春ラブコメを熟読してて、観察眼のある主人公に憧れてて、ラノベの行間をちゃんと読み取れる彼なら、きっと。

——端的に言ってしまえば、さっきのは宣戦布告だ。

こんなに可愛い私を彼女にしたくない——それどころか、友達にもなりたくない、なんて自分勝手なワガママを言う拗らせオタクに対する、ギャルからの宣戦布告である。

三次元の女に絶望したから私と友達になれない？　はあ？　んなの知るかっての。

だって私はこんなにも、ねずまよと友達になりたいのだ。

だから知らない。ねずまよ君から「俺に関わらないでくれ」って空気を出されても、それに気づかないフリをしてやる。空気の読めないバカなギャルのフリをして、一緒にいようとしてやるんだ。

もちろん、さっき彼にも言った通り、これは恋心じゃない。私は別に惚れやすいタイプでもないし、だから澪奈はまだ、ねずまよとセックスがしたい訳じゃなかった。

でも私は、もう彼が好きだから。

それはラブじゃなくてライクの好きだけど、好きなのは間違いなくて。だから私は彼に対して「じゃ、また遊ぼうね！」と言ってやったのである。

「…………♪」

そんな考えを頭の中でまとめつつ、私はツイッターアプリを立ち上げる。複数のアカウントのうちから『みなちょ』のアカウントを選んで入りなおすと、昔ファボした誰かさんツイートを、また読み返した——。

『みなちょさんの感想ツイは、興味のなかった作品も読みたくなるので、困ります、、』

きっと、彼は知らない。

こんな些細なリプで、明日もモデルの仕事頑張ろーって思えて、ちょっとだけ元気になれたギャルが、ここにいることを。

……まあ？　私はチョロい女じゃないので？　だからってねずまよに惚れたりはしてないんだけど？　――でもやっぱ、ねずまよ君大好き！　今日一日、一緒に遊んでわかった！　私、めっちゃねずまよ好きだ！　ねずまよ、ガチでライク！　ねえ、次いつ遊ぶ⁉　明日とかどう⁉

「つか、一日って時間足りなさすぎでしょ……ねずまよと電話したいー」

私はそう呟きつつ、彼と電話番号を交換しなかったことを後悔する。ただ、私が電話番号交換しよ？　ってお願いしても、ねずまよは簡単には応じてくれないんだろうな……拗らせオタクめんでー。

でも、ぶっちゃけ……私がイメージしていたねずまよ君は、変なプライドを持ったオタクって感じだったから、あれくらい拗らせてくれてた方が――うわ、私が思ってたねずまよじゃん！　ってなるんだけどね！　ねずまよ君が私の解釈通りすぎてやったぜ。

「ふふっ。見てろよ、拗らせオタク……」

これから私が、ねずまよの『三次元はクソ』って価値観を、ぶっ壊してやるから。

それはもちろん、彼のためじゃない。――自分のためだ。

私がねずまよ君と一緒にいるためにはまず、その価値観を殺さなきゃいけないから。だから私は私のために、一人の陰キャ男子の価値観を足元から崩すという、彼からしたら大迷惑な悪行をする気でいるのである。

……つか、三次元がクソなんて、今時流行らない価値観を抱いてどうすんの？　マジでくだらねーよ。クソなのは三次元全体じゃなくて、あんたを傷つけた一部の人間でしょ？

そもそも、私達が大好きな二次元だって、三次元の人間が生み出してるわけだし？　だから、ね？　ねずまよ――。

私はこれから、オタクの妄想みたいに、あんたに優しくしてあげるから。

抵抗なんかしてないで、澪奈と一緒に、楽しい学園生活を送ろうね！

第二話　ギャルと休み時間

妻川さん（みなちょさん）と一緒に、ラノベ作家のサイン会に行った、数日後。

「はい、今日はここまで。——次は36ページの和訳からやっていくので、このページの英文を、次の水曜の授業までに翻訳しておいてください」

英語の先生がそう言って教室を立ち去ると同時、きーんこーんかーんこーん、と三時間目終了のチャイムが鳴った。そうして、休み時間に入った教室は喧騒に包まれる。

そんな中、このクラスにたった二人しかいない俺の男友達の一人、小山（小太り）が俺の席に近づいてきて、こう口にした。

「連れション行こうでござる」

「何で武士の口調で連れション誘ってんだよ。一番連れションしないだろ、武士なんて」

「行かぬなら、一人で行こう、ホトトギス」

「何でホトトギスに一人でトイレ行く宣言してるんだこいつ……」

俺が小山にそうツッコんでいたら、このクラスにおける、俺のもう一人の男友達——飯島（中性的な顔立ちの男の子）が俺達の輪の中に入ってきて、小山にこう言った。

「連れションに、僕も付き合う、ホトトギス」

「ありがとう、一緒に行こう、ホトトギス」

「無駄に仲いいなお前ら……いちいち俳句で会話してないで、いいからさっさと連れションしてこいよ」

俺のそんなツッコミを聞き流しつつ、ホトトギスホトトギス言い合いながらトイレに向かう、俺の友人達。一方、クラスに残った俺は学生カバンから、ブックカバーのかけられたライトノベルを取り出した。

このラノベは、最近ちょっとネットで話題になっている、感動系の作品で――俺個人の現時点での評価は星3くらいだった。……どうしてオタクってやつはすぐに作品を星で評価してしまうのか。あと、本の角が折れてたので星1です、みたいなのはやめてさしあげろ！　作者さん悪ないやろ！

そうして、読みかけのラノベを静かに読んでいたら……いきなり、誰かに左肩を、ぽんぽん、と二回ほど叩かれた。

「うおっ⁉」

男友達以外の誰かに体を触られることなんてマジでないので、一瞬びくっとしてしまった俺は、俺の肩を叩いた人物を慌てて確認する。

そしたら、そこにいたのは……制服を着崩し、あまり派手じゃないメイクを施した、何故か笑顔の白ギャル——妻川さんだった。

「……わ、マジでねずまよだ。あたしのクラスにねずまよがいるんだけど。やったー♪」

「ま、マジでねずまよってなんだよ……本当に妻川さんは、俺がクラスメイトだってわかってなかったんだな……」

「ちょ、わかってなかった訳じゃないっての！　ただ、夜田？　って男の子のことは、存在感が薄いあまり、あんま認識できてなかっただけで……」

「言い訳するなら一度ちゃんと練ってから言い訳してもらえる？」

「でもあたし、夜田は知らんけど、ねずまよのことは大好きだよ！　いぇーい！」

「な、なんで俺とねずまよを分けて考えてんのこのギャル……別に使い分けとかないし、夜田とねずまよはイコールの存在なのだが？」

俺がそんな風にツッコむと、妻川さんは「あははっ」と快活に笑ったのち、俺が読んでいる本を指差しながら、尋ねてきた。

「つか、なに読んでんの？」

「………………」

「どした。なんで黙ってる？　ふふっ、ウケじゃん」

彼女はそんな言葉と共に、屈託のない笑みを浮かべているけど……一方の俺は慌てて、周囲の状況を確認した。すると、何人かのクラスメイトの視線が、こちらに向けられているのに気づく――どうしてあの冴えない陰キャが、クラスの人気者である妻川さんに、話しかけられてるんだ？　という疑問のまなざしが、俺に降り注いでいた。

それを確認した俺は、つい小声になってしまいながら、彼女にこう囁いた。

「……というか、妻川さん？　他人の目がある教室では、俺みたいな陰キャに、妻川さんみたいなクラスの一軍キラキラ女子は、話しかけない方がいいのでは……？」

「は？　なんで」

「なんでって……妻川さんが変な目で見られてしまうから、というか……」

「……ああ。スクールカースト的に、みたいな話？」

「そうそう！　カーストが釣り合ってない以上、住み分けは大事だろ？」

「うんうん。おなクラの仲間同士、教室内での住み分けは大事だよね！　――うっせ。そんなの知らねーよばか」

俺の言うことに一度は理解を示してくれた妻川は、何故かそんな暴言と共に、俺の肩を軽くパンチしてきた。えええ……なんで一回納得したようなそぶりを見せた……？

それから彼女は、俺の隣の席――増田君の席に勝手に座るという陽キャムーブをしたのち、他人の机に肘をついてため息を吐きながら、話を続けた。

「あたしって、ラノベ鬼好きじゃん？　だから、スクールカーストを取り扱った青春ラブコメも、ガチで好きだけど！　でも……それを現実にまで持ち込む必要なくない？」

「え……それは、どういう……」

「だって実際にはないじゃん、スクールカーストなんて」

彼女はそんな言葉と共に、教室中をざっと見渡す。……妻川はこう言ってるけど、実際には——オタク男子グループ、運動部男子グループ、派手な二軍女子グループ、普段妻川が所属している、男女混合の一軍リア充グループ——といった感じで、このクラスにもれっきとしたカーストは存在していた。

俺がそれを再確認した直後、妻川はあっけらかんとした顔で、こう告げた。

「あるのは、チーム分けだけでしょ？　更に言えば、おなクラがもう一つのチームだし。そこに上とか下とか、ある訳ないじゃん」

「…………」

「だからあたしは、こうしてねずまよに話しかけていいの。逆だってそうだよ。——つか、話しかけていいってなんだし。ダメもいいもないっつの」

「……でもそれって、カーストが上の方だからこそ、そう言えるというか……」

「いやだから、上も下もマジないんだってば！　そんなん、ねずまよが勝手に、自分を下だと思い込んでるだけだっての。本来存在してないカーストを、斜に構えた目線で見て、あるとしちゃってるだけなんだよ。カッコつけやがって。ラノベ主人公かおめーは」

「え。俺、ラノベ主人公……？」

「ちょっと嬉しくなってんじゃねーよ」

　でもなんだか、いまの一連の妻川の発言は、俺が持っていない価値観の言葉で、だから少しだけ感心してしまった。

　自分とみんなは対等だと——クラスメイトの面々に対して、優越感も劣等感も抱かないなんて、そんなの本当に『自分の価値を自分で認められている』人間じゃないとできないことだ。つまり、それができる妻川さんは実は、自分の生き方に誇りを持っている人なのかもしれない。その価値観は、俺にはちょっと眩しすぎるな……。

　俺がそんなことを考えていたら、妻川は一度大きくため息を吐いたのち、顔の前で何度か手を振りながら、こう言った。

「はい。じゃあこのダルい話、これでもうおしまい！　澪奈、難しい話とか二分以上してたくないし。熱出て倒れるっつの」

「え。いまの話のどこに難しい要素が……？」

「もっとこう、何も考えずにお喋り(しゃべ)しよーよ！　──ねー、このネイル見てー。めっちゃかわいくない？　ヤバじゃない？」

「……おお、すごいな。こういうのって、専門店でやってもらうのか？」

「や、違うってねずまよ。まだ考えてる。もっと頭使わなくてもトークってできるから。じゃ、もう一回いくよ？　──ねー、このネイル見てー。めっちゃかわいくない？」

「……かわいいー。やばーい」

「ね！　やばいよね！　かわいいか、かわいくないかで言ったら？」

「かわいくないか、かわいいかで言ったら？」

「かわいいー」

「あたしのネイルかわいすぎかよー。つか、お腹(なか)すいたんだけど。ねずまよって、食べ物なに好き？」

「カレー」

「わかるー。カレーってやばうまない？」

「ねー。カレーうまいよねー」

「カレー食いてー。……まってあたしの口カレーにされたんだけどふざけんなし」

「あはは、ごめーん」

「ゆるさねー。でも、こんど一緒にカレー食べてくれたら許す」

「あはははは──適当に会話しすぎてこんなの脳が溶けてしまうわ！」

妻川に合わせて何も考えずに会話していたら、考えなさ過ぎて俺の方がおかしくなりそうになった。……何だよ、「カレーってやばうまない？」「ねー。カレーうまいよねー」ってやり取り。内容が薄すぎて喋ってないも同然だろこれ。

俺がそう内心でツッコミを重ねていると、どこかわざとらしく不機嫌そうな顔をした妻川が、俺にこんな言葉を投げてきた。

「つか、ねずまよ君、さっきから適当に喋りすぎじゃね？　せっかく二人でお喋りしてんのに、その態度マジでどうかと思うんだけど」

「理不尽かよこいつ」

俺にそうツッコまれると同時、我慢できなくなったみたいに「あははっ！」と大笑いする妻川。……陰キャとの会話でこんなに楽しくなれるのは、彼女の才能だった。

思いつつ、俺は妻川を横目で見つめる……正直な話、ギャルは苦手だ。というか、三次元の女性は漏れなく苦手なんだけど、ギャルなんか特にそうだ。その理由は単純で──俺みたいな陰キャ男子には、到底理解のできない存在だからだ。

　でも彼女は、ラノベ好きの同志……『みなちょさん』でもある。それが、俺にとっての妻川さんをよりわからない存在にしていた。ギャルだからよくわからないのに、俺がわかる部分もある、基本わからない三次元の女の子とか……これもうわかんねえな……。

　俺がそんな、考えすぎてよくわからんことを考えていたら、彼女は俺の手元にあった本を指差しながら、改めて尋ねてくる。

「そういや話逸れちゃってたけど、これなんの本？」

「ああ、これ？　これは……『ゼロの涙』っていう作品で……」

「…………」

　俺が作品名を口にすると、妻川は微妙な顔で黙り込んでしまう。それを受けて俺は、少しだけ笑いそうになりながら、彼女に尋ねた。

「妻川さんも読んだのか？」

「うん、読んだよ。――あたしにはちょっと、わかんなかったかなー」

「そっか、つまんなかったんだな」

「ちょ、わかんなかったって言ってんじゃん!?　つまんなかったなんて言ってないのに、そんな解釈しないでくんない!?」

「だって妻川さん――みなちょさんってよく、『「つまんない」って言葉は作品を理解するのを放棄してる感じがするから使いたくない』って言ってるだろ？　だからつまり、ラノべに対する理解力が高い、読解力が不足している訳じゃないみなちょさんの『わかんなかった』は、『つまらなかった』なんだよ」

「……勘の良い陰キャは嫌いだよ」

妻川はそう言って笑みを零すと、そのあとで微苦笑を浮かべつつ、こう続けた。

「あたしは本当にラノべが大好きで、だからどんなラノべも好きになりたいのに、こういう『受け入れられない』作品が出てきちゃうのはどうしたらいいんだろうね？」

「別にいいんじゃないか？　作品に対して好き嫌いがあるのは、人として当然だろ。むしろ――『どんな作品も好き！』って人には、本当の好きがないような気がするし」

「そう？　どんな作品も好きになれる人はただ単に、その人の『楽しむ能力』が高いってことだと思うけどなー。だから、あたしもそういう人になりたいんだけど……いまねずまよが読んでるその本は、あたしにはちょっと、つま――わかんなかったんだよね！」

「もうゲロった方が気持ちよくなれるのでは？」

俺のそんなツッコミに対し、「あーあー、聞こえなーい」と言いながら、両手で耳を小刻みに塞ぐ妻川。

子供かよ、と俺が微笑しながら思っていたら、そのまま彼女は言葉を続けた。

「まあでも、何が好きかで自分を語るだけじゃなくて、何が嫌いか、も含めて自分を語ってくれる人の方が、正直なぶん、語る言葉に力があるよね。――だからあたしは、めちゃくちゃ売れてるラノベも逆張りオタクのごとく酷評する、ねずまよ君が大好きだよ！」

「……頼むから俺のアカウント名を何度も教室で口にしないでくれるか……？　俺の名前は夜田ですよ……！」

「まあ、たまにあのねずまよ野郎は、あたしの大好きなラノベをこき下ろしてる時もなくはないから、その際はリプで喧嘩ふっかけたりもするけどな！」

「あれほんとやめてくれる？　あの時間、お互いに何の利益も生み出してないぞ？」

「や、損得勘定じゃないじゃん？　あたしが好きなものを貶されて、それで黙っていられるようなあたしを、澪奈は許せないんで」

「このギャル、少しばかり思想がヤンキーすぎでは……？」

「あ……つか、忘れてた！　今日あたし、ねずまよ君に会えると思って、あんたに貸す用のラノベを持ってきてたんだった。――ちょっと待ってて！」

妻川はそう言い残すと、自分の席から学生カバンを取ってきたのち、俺の隣の席……増田君の机の上に、それをどんと置いた。そうして、再び増田君の席に座った彼女はカバンの中から、ラノベを続々と取り出し始める。

「まず『だんじょる』でしょー？　それから『楽園ノイズ』に、『ネクラとヒリア』に、『キノの旅』に……マジおすすめしたいやつが多すぎて、絞るのに苦労したよね！」

「お、おおおお……妻川さん!?　本当に周りの目とか、気にしなくてよいですか!?」

可愛い二次元の女の子が表紙を飾る小説を学生カバンから何冊も取り出し、他人の机で広げる妻川さんに、俺はそうツッコむ。――これはさすがに、周囲の目を気にした方がいいのでは!?

そんな風に思ったものの、一方の彼女は涼しい顔で、こう返してきた。

「ん？　その辺はまあ、あたしめっちゃオタクだよーって仲の良いやつらにはちゃんと言ってあるし、だから全然平気だって！　てか、それより――ほれ。気になるやつあったら貸してあげるから、遠慮せずに言いな？　若者は遠慮なんかするもんじゃないよ？」

「孫を甘やかすおばあちゃんかな……？　いやあの、妻川さん……お気持ちはありがたいんだけど、一応は俺、どれも読んだことあるから……」

「……せっかく持ってきてやったのになんだよもー！　全部読んだことあるなら先に言えしー！　ふざけんなよー！」

「怒ってるっぽい発言と裏腹に、表情はめっちゃ笑顔なのなんなの？」

「だって、あたしのオススメをどれも読んでるとか、それってあたしと趣味が同じってことじゃん？　そりゃテンション上がるでしょ！　――好きな作品とかある？」

「……正直、どれも大好きだよ……」

「なんだよマジ最高かよこいつ！　うぇーい！」

妻川さんは俺の肩をばんばん叩きながら、笑顔でそう言った。ちょっと痛いのだが？

俺が思っていたら、彼女は机に広げたラノベを片付けながら、こう続けた。

「せっかくねずまよ君に貸すためにラノベ持ってきたのに、意味なかったなー……ふふっ。もっとマイナーなやつ持ってくればよかった」

「というか、ラノベを貸してくれなんて俺は言っていないのに、勝手にラノベを学校に持ってくるの、行動力がすごいな……」

「や、おなクラにねずまよ君がいるってなったら、自分の好きを共有したいって思うのは普通でしょ。つか今度、ねずまよのオススメも借りたいから、ラノベの貸し借りしよ！」

「そ、それはいいけど……何というか、妻川さんってやっぱり、みなちょさんではあるんだな……」

「今更当たり前のことをなんだし？」

「いや、当たり前と言えばそうなんだけど、それを改めて実感したというか……でもやっぱ、みなちょさんがこんなギャルだった事実に、未だ戸惑ってるといいますか……」

「……ねえ。もしかしてねずまよって、ギャル嫌い？」

「嫌い……いやその、嫌いっていうのは……ちょっと言葉が、強い気がするけど……」

「ふふっ、嫌いでも大丈夫だよ。――そのうち、好きにさせるから」

「…………」

言われた瞬間、俺は思わず視線を床に落とす。ふいに思わせぶりなことを言う、危険な女だった。あぶねー、俺が訓練された童貞じゃなかったら恋に落ちてたぞ……！

「つか、ねずまよの好みじゃないとしても――ギャルってマジかわいくない？　あたし、一緒にモデルやってるギャル友と話してると、ギャルかわいいなーってマジ思うんだけど」

「ふ、ふうん……というか、前にもちょっと言ってたけど、妻川さんってモデルの仕事をやってるんだな？」

「ん！　『leg（レッグ）』ってギャル雑誌なんだけど、知ってる？」

「いや、勉強不足で……」

「あははっ。いまからでもギャル勉強してけー。テストに出るぞー」

「まずテストがあるのかよ。一学期の期末テストの科目に『ギャルⅠ』とか追加されてたら嫌すぎるな……」

「それでは第一問！　スカルプネイルとジェルネイルの違いは⁉」

「まずネイルに二つの種類があることを知らないんだよなあ……」

「正解は、ジェルネイルの方が簡単にできるからなんか良き、でしたー！」

「正解がギャルらしい雑さ！　絶対もっと違いあるだろ！」

妻川のギャルテストに俺はそうツッコんだのち、何の気なしに教室の壁掛け時計を見たら、時刻は正午三分前。もう三時間目の休み時間も終わりが近づいていて、それを見た俺は、つい……少しだけ気になっていたことを、彼女に尋ねた。

「どうでもいいんだけどさ……妻川さんって先日、俺と友達になろうとして、それを断られたよな？　それなのにどうして、俺に貸すためのラノベを持ってきたり、休み時間にこうして話しかけてきたりしたんだ？」

この質問を口にすると同時、俺は——これを尋ねること自体、すべきじゃなかったかもしれないと後悔した。だってこんなの、彼女に失礼だろ……。

確かに、三次元の女性を忌避している俺は、妻川から一定の距離を取りたいと考えているけど、でも——それを理由に、彼女を傷つけていい訳じゃないのに。

そんな風に俺が反省している一方で、俺から割と酷いことを言われた妻川は、全く傷ついた様子もなく、むしろ楽しげな表情と共に——「友達じゃないのにどうして話しかけてきたんだ?」という俺の質問に、こう答えるのだった。

「え? だって、友達になりたいから」

「――――」

「わかんだろそんくらい。言わせんなよ」

そう言いながら俺の肩に拳をあて、少しだけ照れたような表情でそれをグリグリする妻川さん。……そうか。彼女はそんな理由一つで、友達になるのを断られた俺にも、話しかけられるのか……。

きっと、彼女と俺とでは、持ち合わせている常識や価値基準が全く違うのだと思う。

俺だったら、一度関係が上手くいかなかった相手なんて、できるだけ距離を取りたいと思ってしまうけど……そんなのものともしない彼女はだからこうして、いま俺の目の前にいるんだ。

だって、妻川さんはコミュ強のギャルで。俺はコミュ障のオタクだから。

「……自分の欲望に忠実だな、妻川さんは」

良くなりたい、という純粋な気持ち一つを抱えて、こいつともっと仲
「えへへー。まーな?」

「すごい嬉しそうにしてますけど、百褒めてる訳じゃないですからね?」

俺は言いつつ、どうにも微妙な顔になって妻川を見つめる。

　目前の彼女に対して、自身の感情を最優先する、天真爛漫なギャルかわいいなー、と思うミルクな気持ちと、友達にはなれないって断ったのに、それでも俺に近づいてくるなんて、自分中心すぎて苦手だわー、というブラックな気持ちが同時に立ち上がってきて、俺の心の中はちょうどカフェオレみたいになっていた。なにそれおいしそう。

「……というか、もうすぐチャイム鳴るから、席に戻った方がいいぞ」

「あたし、次の授業はこの席で受けよっかなー」

　そんな言葉と共に、俺の隣の席に座ったまま、ぽんぽん、と机を叩く妻川。

　ちなみに、その席の持ち主である増田君は、離れた場所から苦虫を噛み潰したような顔で妻川を見つめていた。わかる。陽キャが勝手に自分の席に座ってると、そんな顔になるよな！

「やめてやれよ……増田君をこれ以上困らせてやるなって」

「増田君にはあたしの席に座ってもらえばよくない？　それでwin-winじゃない？」

「何がウィンウィンなものかよ。お前だけ得してwin-loseだろ」

「あははっ！　普通の試合じゃんそれ。ウケなんだけど」

「はいはい。ウケだから、席に戻ってください」

「ちょ、適当にあしらうのやめろし！　あしらわれる機会多めなぶん、ギャルってそういうのに敏感だかんね！」

「あしらわれる機会多めなのかよ。強く生きろよ」

「もち！　太く長く生きてやんよ！　おうどんみたいに！」

「……どうでもいいけど妻川さんって、うどんに『お』をつけるタイプなんだな。なんか可愛い……」

「ちょ、いきなりそういうこと言うのやめてくんない⁉　キモいってマジで！」

「……ごめん。俺みたいな陰キャが『可愛い』って言うの、キモかったよな？」

「い、いや、そっちじゃなくて……うどんの指摘がキモいだけだから……可愛いはむしろもっと言っていこ？　一日一回は言っていけ？　つか言えよおい」

頬を真っ赤に染めた妻川はそう言いながら、俺の肩を再度、グーにした拳でグリグリしてくる。そんな会話をしているうちに、きーんこーんかーんこーん、と四時間目開始のチャイムが鳴った。

それを受けて妻川さんは、増田君の席から立ち上がると「じゃ、ばいばい！」とだけ言い残し、自身の学生カバンを携えて席に戻っていくのだった――いきなりだと緊張しちゃうから、今度俺に話しかける時は、まずアポを取ってくれよな！

第三話　ギャルと漫研

放課後。暮れゆく夕日が目に眩しい、午後三時四十分過ぎ――学生カバンを背負った俺は、文化部の部室があるB棟へと向かうため、二階の廊下を歩いていた。

すると、ちょっと先の空き教室の前で、男二、女三のリア充グループが輪になって会話しているのを見つける。どけどけ、陰キャ様のお通りだぞ、なんて思いつつ、俺がその横を通り過ぎようとしたら――。

「あ、ねずまよ君！　うぃー！」

「……お、おう」

そのうちの一人――妻川さんに、そう声をかけられてしまった。い、いたのか……。

というか、妻川っていつも俺のことを『ねずまよ』って呼ぶけど、それ一応、俺のツイッターアカウント名だから、あんまその名で呼ばないでほしいのだが……？

そんなことを思いながら、そのまま廊下を歩き続けていたら、彼女はグループのみんなに「ちょい行ってくんね」と断りを入れたのち、俺のそばまでやってきて、こう尋ねた。

「どこ行く系？」

「ちょっと、部活にな……」

「部活？　へー、ねずまよ君って部活入ってたんだ。何部？」

「漫画研究部」

「漫研⁉　めっちゃ楽しそうやん！　あたしも付いていくやん！」

「何で急に雑な関西弁喋(しゃべ)りだした？　……というか、あたしも付いていくって――」

「ねーみんな！　あたし、ねず――じゃなくて夜田(よだ)の部活ちょっと覗(のぞ)いてくるから、先に帰っててー！」

　妻川は大きな声でそう、リア充グループの面々に宣言する。すると、グループのみんなは口々に「りょ」「澪奈(みおな)、夜田気に入ってんなー」「いつものマックいるから、終わったらおいでー」「じゃ、また明日な」と返事をした。……男子の一人がさらっと俺の名前を出した瞬間、体がビクッとなってしまったのは、ここだけの話な！

　そうして、みんなの了解を得た妻川は、再度俺に向き直ったのち、こう口にした。

「じゃ、一緒に漫研行こ！」

「え……嫌です」

「嫌ですってなんだし！　あんたの『嫌です』こそ嫌です！」

「日本語ぶっ壊そうとしてんのかこのギャル。……あの、妻川さん？　別に漫研なんて、あんまり面白い部活でもないぞ？　だから、付いてこない方がいいというか……」

「面白い面白くないはあたしが決めるから大丈夫！　つか、仮に面白くなくても、面白くないことを面白がってみせるから、澪奈に任せといて！」

「ギャルは物事をポジティブに捉える能力が高すぎでは……？」

「えへへー、まーな？　……でもあたし、もちろん基本はポジティブなんだけど、仕事が上手くいかなかったりしたらネガる時も割とあるけどねー。そういう時はラノベ読んだり、友達に電話したりしてる！　ネガを抱えて発散しないのが一番ダメだから！」

「ネガティブになった時に『友達に頼る』って選択肢もあるのが、陽キャだなあ……」

「夜田もなんかあったら、すぐあたしに電話しなね。――澪奈が助けてやんよ」

「な、何故急にイケメン発言を……？」

というか、そもそもの話、俺達はお互いに電話番号を知らないから、緊急時に電話なんてできないんだけど……俺は内心でそうツッコみつつ、一つ息を吐く。

つい反射的に、妻川が漫研に来るのを断ってしまったけど、まあ、部活見学くらいなら別にいいか……と考え直した俺はそれから、しぶしぶといった感じで彼女に言った。

「じゃあ、まあ、行くか……」

「うんっ！　行こうぜうぇーい！」

「このノリの人間がどうして漫研なんていう陰気な部活を見学したがるのか」

というかこの人、知り合い程度の陰キャに対して気安すぎでは？　やっぱギャルって、好意のない男とでも平気で遊びに行ったりするんだろうな——。

たぶん、休日には三代目Jなんたらブラザーズを爆音でかけている黒のワゴン車を運転する鼻ピ男とクラブに出掛け、そこで腰をくねらさせるえっちダンスを披露し、たまに喫煙所で爪楊枝くらいほっそいタバコを吸い、喉が渇いたらカウンターでカシスオレンジを注文しているに違いない。酷い偏見！

思いつつ、俺と妻川さんは横並びになって廊下を歩く。そのうち、文化部の部室が立ち並ぶB棟に辿り着くと、三階への階段を上りながら、彼女が尋ねてきた。

「漫研にはよく行ってんの？」

「いや、全然……普段は幽霊部員なんだけど、今日に関しては、部長から直接呼び出しをくらってな……それで、しぶしぶ出る感じだ」

「えーそうなの？　漫研楽しそーなのに」

「そもそも俺、高校ではラノベ部を作りたかったんだよな……俺の人望がアレ過ぎて、部員を集められなかったから、結局は作れなかったけど」

「ラノベ部⁉　なにそれあたし絶対入るんだけど！　マジ入る！　五回は入る！」

「作れたとして一回しか入れねえよ」

「でも入部と退部を繰り返したらいけるくない？」

「ただの迷惑行為じゃねえかそれ。入部したら退部しないでください」

そんな会話をしているうちに、到着。漫研の部室だ。

そうして俺は、部室の扉をノックする。コンコン。すると、中から「どうぞー」という声が聞こえてきたので、扉に手をかけ、それを横滑りに開いた。

そしたら、そこには――。

「おー来たな、可愛い後輩くん。久しぶりに会えて嬉しい、って言ったら私に対する好感度が上がる筈だから、言わせてもらおう。――久しぶりに会えて嬉しいきゅん♡」

――黒髪の三つ編みに野暮ったいメガネという、地味な容姿の女の子……この漫研の部長、雛城ゆい先輩が、きゅんポーズを取りながら奥の席に座っていた。

「お久しぶりです雛城先輩。とりあえず、早速のダル絡みやめてください」

「そっちこそ、コミュ障な後輩に気を遣って強めのボケをかました先輩に、そんな酷いことを言うなよきゅん♡」

「語尾おかしくなってんですけど。それ、戻せないんですか？」

「夜田の『この先輩ダルいわー』って顔がもっと見たいからやめないきゅん♡」

「俺が嫌がってるのをわかっているのになお続けるのがあんたらしいよ」

俺のそんなツッコミを受け、愉快そうに「がはは！」と笑う雛城先輩。次いで彼女は、俺の背後に立っている陽キャギャル——妻川に視線をやると、こう続けた。

「ところで、夜田の後ろにいる彼女はどちら様かな？　夜田のスタンド？」

「俺のスタンドな訳ないでしょ。ギャルのスタンドってどんな能力なんですか」

「攻撃した相手のまつ毛が長くなる、みたいな能力でしょたぶん」

「適当に喋ってんじゃねえぞ先輩おい」

「やっほー！　初めまして先輩！　あたしは、ねず——じゃなくて夜田のスタンドの『バイブスクラブ』です！　ドギャァァァン！」

「妻川さんも適当なこと言いながらジョジョ立ちっぽいポーズを決めないでもらえる？　あとスタンド名がギャル過ぎるだろ」

俺がそうツッコむと、妻川は何故か満足げな顔をしたのち、一歩前に出てくる。それから、改めて雛城先輩と向き合った彼女は、仕切り直すように挨拶した。

「どうも、一年の妻川澪奈です！　割とガチめにギャルやってます！　好きなギャルはりせぽよちゃん！　パーソナルカラーはイエベ夏です！　よろしくお願いします！」

「よろしくね！　——あーしは雛城ゆいです！　現在高校二年生、ピッチピチのオタク女

子です！　好きな漫画は『電ノコマン』！　腐女子だってことは内緒です！　パーソナルカラー？　のイエベ・ブルベは女子力低いのでよくわかんねーです！」

「マですか？　ちょっと肌見せてください！」

　妻川はそう言うと、雛城先輩のそばへと近づき、彼女の顔面を至近距離でじっと見つめる。その際、雛城先輩は「ちょ、近い……てかいい匂いするこの子！　あんまキツくない香水のいい香りがする！　やばい！」と騒いでいた。お前は童貞男子かよ。

　そうして、じっくり部長の血色を確認したあとで、妻川は納得したようにこう言った。

「たぶんブルベ夏です。よくわかんないけど！」

「よくわかんないんかい！　結構な時間じろじろ見てよくわかんないんかい！」

　雛城先輩は全力でそうツッコんだのち、「やだ、この子面白い……好き……」と呟いていた。惚れる速度が童貞男子くらい早かった。

「妻川さんは今日、部活の見学をしたいとかで、連れてきました。大丈夫ですよね？」

「うん、大丈夫よ！　別に大したものはないけど、存分に見てって！」

「わー、ありがとでーす！」

「……というか夜田、どうしてお前がこんな、可愛いギャルと仲良くなってんのよ！　お前は私と同じ陰キャ高校生だった筈だろ⁉　私達は異性とは一切関わり合いにならない、灰色の青春を過ごそうね、って二人で約束したのに……！」

「そんな約束はしていない」

そして何より、妻川さんと俺は別に、仲が良い訳ではないんだよなあ……俺が、彼女のネッ友である『ねずまよ』だと判明したから、その繋がりで妻川さんが最近、俺にちょっかいをかけてきているだけで、こんなの一過性のブームでしかないというか——。

一方の俺も、彼女に対してはどうにも、根底にある苦手意識が拭えておらず……オタクでギャルな彼女とどういう風に接したらいいか、測りかねてるところがあった。コミュ強な彼女に合わせれば会話はできるけど、それは会話ができてるだけというか。

俺はそんなことを考えつつ、妻川さんを見やる……彼女は部室の本棚にぎっちぎちに詰められた、代々漫研に受け継がれてきた漫画の背表紙を見ながら、「うわー、マジ歴史感じるー。いにしえのバイブスー」などとギャルすぎてわからん感想を呟いていた。

そうして、俺は再び雛城先輩へと向き直ると、改めて彼女に尋ねた。

「……それで？　『今日は部活に来い』とだけ言われましたけど、なんの用です？」

「四コマあと三本書いてくれる？　つか書け」

「やっぱ部誌ですか……でも、残ってるのは四コマ三本だけなんですね？」

「うん。だって今回の部誌も、ほとんど私一人で埋めたからな！　ページ数にして28ページ！……漫研なのに、私以外の部員がほとんど漫画描かないとか、どうなってんのこの部活？」

「仲町(なかまち)も俺も水崎(みなさき)も、めちゃくちゃ怠けてますもんね……頑張れ、部長！」

「おめーもがんばんだよ！」

雛城先輩はそう言って俺に怒ってくるが、正直な話、雛城先輩が描くプロレベルの漫画が読みたくて、みんな部誌をダウンロードしているようなものだからな……先輩の漫画さえ掲載されていれば、他の部員の漫画はいらないと言いますか。

ちなみに、いま俺達が話している部誌とは、漫研が月に一度、デジタルで発行している漫画で――デジタル原稿が完成したら、そのQRコードを学校の掲示板に貼り出し、全校生徒に読んでもらえるようにしているものだった。

そんな訳で、今回俺が部活に呼ばれたのは、そこに掲載する四コマ漫画のうち、残り三本を作ってもらうため、だったらしい。四コマか―……俺、ラノベや漫画を読むのは好きだけど、創作意欲は欠片(かけら)も持ってない、典型的な消費型オタクなんだけどなあ。

そんなことを俺が思っていたら、先輩はふっと優しい顔になって、言葉を続けた。

「まあ、一本は仲町を起こして書いてもらいなよ。だから、あと二本よろ」

「わかりました。何とかでっちあげときますよ……」

「でっちあげるな。本気でかかれ。そこにお前の魂を込めろ。——じゃ、私は新人賞の漫画原稿やりに帰る！」

「あ、帰るんですね？　可愛い後輩がこれから、四コマを頑張って描くのに……」

「可愛い後輩てｗｗｗ。自分で言うかそれｗｗｗｗ」

「先輩がさっき言ってくれたんじゃないですか。もう忘れたんですか。鳥頭ですか」

そんな会話を交わしたのち、雛城先輩はそそくさと荷物をまとめると、妻川に「私は帰るけど、ゆっくりしていってね、妻川ちゃん！」とだけ声をかけ、部室を出ていった。

すると、本棚を見ていた妻川がこちらに歩み寄ってきたのち、笑顔になって言った。

「面白いなー部長さん。あたしも漫研入ろっかなー」

「……妻川さんってモデルの仕事やってるんだろ？　部活に出る時間なんてあるのか？」

「ない！」

「ないのかよ。ないなら入らない方がいいだろ」

「でもあたし、仕事あるから部活には出れないけど、それでもいいなら——で、色んな部活に入ってるよ！　えっとー、バスケ部でしょー？　あとサッカー部でしょー？　テニス部もそうだしー……あと確か、茶道部と華道部にも入ってるはず！　たぶん！」

「出れもしないのに、部活を五個も掛け持ちしてるのかよ。部活ビッチじゃん」

「あははっ。いぇーい、部活ビッチでーす」

「なんで誇らしげなのあなた」

得意のギャルピースをしながら楽しげな笑みを見せる妻川に、俺はそうツッコむ。それから、彼女は部室の隅にあるソファの上に視線をやると、俺に尋ねてきた。

「つか、さっきからあそこで誰か寝てるんだけど……あの子は？」

「あれは、うちのマスコットというか……より正確に言えば、漫研のみんなで飼ってる大型犬というか……」

「漫研って女子高生飼ってんの？ 尖り過ぎてない？」

妻川にそうツッコまれながら、ソファの上で寝息を立てている女の子に、俺は目を向ける。――彼女の名前は仲町姫子。背が小さく体の輪郭が丸めの、可愛らしい顔立ちをした少女だ。

小柄な体形に似つかわしくない、豊満なバスト。髪型は黒のボブカットで、垂れた目尻がチャームポイントな彼女も、漫研に所属する部員の一人であり……放課後にはいつも、このソファの上で体を丸めて眠っているのが、この子のお決まりの姿だった。

「本人曰く、『家に帰るのがめんどうだから、いつもここでお昼寝してるんだ～』ということらしい。――おーい仲町、部長命令だ。部誌用の四コマ描くぞ」

「ふええ……？　あ、夜田くんだぁ……久々に会えて嬉しいなあ、えへへぇ……」

「いいから、部長が四コマ描けだって。俺も描くから、お前も一本描いてくれ」

「四コマ？　……んー、わかったー。それじゃあ、どんな言い訳をしたら、私が四コマを描かなくても部長に怒られないか、一緒に考えよー？」

「怠ける方向に努力しようとすんな。起きて四コマ描くんだよ」

俺がそう言うと、仲町は大あくびをかましながら、「夜田くんも一緒にお昼寝しようよー。気持ちいいよ？」と俺を共犯にしようとしてきたけど、誰が三次元の女と一緒に昼寝なんかするかよ……。

そんなことしたら、すぐに仲町を好きになって告白してまた玉砕して俺の心に傷がついちゃうだろうが！

俺がそんな風に思っていたら、ふいに妻川が俺の隣に現れ、仲町に挨拶をした。

「こんにちは、仲町さん。ギャルだよー、いぇーい」

「何の紹介にもなってない自己紹介をするなよ。せめて名前ぐらい言え」

「……あー、ギャルだー。可愛いギャルちゃんが部室にいるー、いぇーい」

「仲町も、寝ぼけまなこで適当な返しをするな。──彼女は妻川澪奈さん。俺が部活に出ようとしたら何故かついてきちゃった陽キャギャルで、俺達と同じ一年生だ」

「うぃー、よろしこー。お前もギャルにしてやろうかー」

「何でデーモン閣下みたいなこと言ったのこいつ。——そして妻川さん。こちらが、基本的に漫研の活動は一切せずに、部室でずっとぐーすか寝てる、寝ることが趣味みたいなぐーたら女子、仲町姫子さんだ」

「こんにちはー、仲町ですー。実家は美味しいパン屋さんです。将来は玉の輿に乗って、お婿さんのお金で何不自由なく暮らしたいです。ウーバーイーツ大好きー」

「一応あたしっていう客人が来てるのに、ソファから体を起こそうともしないあたり、マジでぐーたら女子っぽいくて鬼かわいいんですけど。さっきねずまよ君も大型犬って言ってたけど——わかる。この子、うちで飼ってる大型犬みある！」

「えへへへぇ」

「たぶん褒められてないんだよなあ……」

俺は反射的にそうツッコんだけど、そしたら妻川に「や、褒めてたんですけど」と言われてしまった。女子同士の会話、ハイコンテクストすぎない？

思いつつ、俺は再度——「とりあえず、四コマ描こうぜ」と仲町に提案。この部室には部費で購入したペンタブとノーパソが一つだけあるので、それがある席に彼女を促した。

すると仲町は「雛ちゃん先輩が全部描いてほしい……」と愚痴りながらも、四コマをささっと描き上げる。その早さ、時間にして五分弱。彼女が「完成したよー。確認お願いします」と言うので、俺はその四コマを早速、パソコンでチェックしてみた――。

タイトル『休載』

一コマ目。棒人間が二人描かれており、彼らにこんなフキダシがついている。

「今回の四コマはこのコマで終わりです」「次回の四コマにご期待ください！」

「明らかに手抜いてんじゃねえかこれ！　四コマが一コマで終わるって前代未聞だぞ！」

「あははー。シュールでいいよねぇ」

「シュールを隠れ蓑に怠けてんじゃねえよ！」

そんなツッコミと共に俺が仲町を睨みつけていたら、パソコンに表示されているこれを見た妻川が「えー、全然面白いからいーんじゃん？」と言った。……確かに、つまんなくはないんだよな。労力を出し惜しんでる感はあるけど。

「……じゃあ、まあとりあえず、これで部長に出してみるわ」

「やったー、四コマ描けたー」

「一コマしか書いてないけどな」

「時代はエコでロハスだよー、夜田くん。……ところで、ロハスってどういう意味ー？」

「さあ？　俺もわからんな……調べてみたらどうだ？」

「調べる手間をかけるほど知りたい訳じゃないからいいやー」

「若者の権化すぎるだろお前。スマホ一つあれば大体何でもわかるこの時代に、検索する手間すら惜しむなよ……」

「無知の知を知ったから、私はもうこれ以上、何も知らなくていいのです」

「それっぽい言葉で怠惰なだけの自分を正当化するなよ。……ちなみに、俺がいま調べたところによると、ロハスっていうのは――『Lifestyles of Health and Sustainability』の略で、『健康的で持続可能な生活様式』って意味らしいぞ」

「ねー夜田くん。もうめんどくさいからロハスの話しないでー。情報量が多すぎるー」

「仲町の方から話をふってきたのに酷い塩対応だなおい」

俺がそうツッコむと、仲町は「あははー」と朗らかに笑ったのち、ノートパソコンのある席から立ち上がる。次いで、彼女は再びソファに横になると――「あははは……ぐぅ」と、ごく自然な流れで入眠してしまった。寝ることが得意すぎるだろこいつ。

そんな仲町を見ながら、俺が「他人との会話中に寝るなよ」とツッコんでいたら。

「…………ねずまよって、仲の良い女の子いたんだ？」

何故かつまらなそうな表情を浮かべる妻川が、何故か俺から顔を背けるようにそっぽを向きながら、何故か不機嫌そうな声音で、そう話しかけてきた。

「仲の良い女の子っていうか、仲町とは別に、ただの部活仲間って感じだけどな……休みの日に一緒に出掛けたりもしないから、女友達では絶対にないし……」

「そう？　でもいま、めっちゃ仲良さげに話してたけど？　仲良くお話ができる関係を友達っていうなら、二人の関係は友達なんじゃん？」

「ええぇ？　それだけで友達認定は早計だろ」

「そーかな？　――だってねずまよ、あたしのことは『妻川さん』でしょ？　でも仲町ちゃんには『仲町』って呼び捨てだったし。明確に差別してない？」

「さ、差別って……そんなのはただ単に、入学当初から一緒に部活をやってきたから、それで俺が仲町に慣れただけというか……」

「ほら。過ごした時間が長いからこそ、れっきとした差をつけてんじゃん。入学当初からずっと一緒にいた、部活仲間の仲町ちゃんと。最近関係ができただけの、ただのクラスメイトのあたし――だから『さん』付けなんでしょ？　あたしにはまだ心開いてないから」

「――……………」

「嫉妬心じゃない感情によるパーンチ！」

「嫉妬心じゃない感情によるパーンチ⁉」

いきなり謎のワードと共に肩をおもっくそ殴られた俺は、驚きのあまり妻川の言葉を復唱した。……えっ、どういうパンチこれ⁉　彼女の発言を鵜呑みにするなら、俺と仲町の関係に嫉妬して殴った訳ではないことは、確定してるようだけど⁉

そんな風に俺がパニックに陥っていると、妻川はわかりやすく不機嫌そうな顔のまま、言葉を続けた。

「説明しよう！　『嫉妬心じゃない感情によるパーンチ』とは、嫉妬心による感情ではないパンチなのだ！」

「なんも情報が増えてねえ⁉　俺、誰かに『説明しよう！』って言われてこんなに説明してもらえなかったの初めてなんですけど⁉」

「や、でも実際マジでそうだから。──前も言ったけど、あたしは別にねずまよに恋してる訳じゃないじゃん？　だから、ねずまよが仲町ちゃんと仲良くしてんのを見て、あんまりムカつきはしなかった──嫉妬なんてしなかったんだよ。ただ、一発だけ、渾身のギャルパンチをあんたに打ちたくなったんだよねー」

「……い、意味がわからん。嫉妬が理由じゃないならどうして、俺は妻川さんにパンチされたんだ……？」

「それは澪奈にもわかんない！」

「本人がわかんないんじゃあ俺にも絶対わかんないじゃないですかー」

俺は殴られた肩をさすりつつ、途方に暮れたように言った。すると彼女は「ごめんごめん。自分のしたことにあんま後悔はないけど、パンチしてごめんね？」と言いながら、微妙な表情と共に謝ってきた。謝る気あんのかこのギャル。

思いつつ、俺は仲町と入れ替わりで、パソコン前の席に座る。そうして、雛城先輩にお願いされた残り二本の四コマを描くために、ペンを手に取るのだった——。

ちなみに、これはちょっとしたオチだけど……後日。

俺が描き上げた二本の四コマを、部長に提出したら——「夜田のはボツにして、私が二本描いとくわ！」と、やんわりＮＧを出されてしまった。……五分で書いた仲町の四コマが掲載されて、すげえ頑張って描いた俺の作品がボツって、おかしいだろ！　面白いってそんなに正義かよ！　うわああああああんっ！（泣）

第四話　ギャルと料理

「やべえ、めっちゃ腹減った……死にそう……」

とある木曜日。お昼休みの時間。一人で学校の図書室を訪れた俺はそう呟きながら、本棚と本棚の間を夢遊病者のようにふらふらと歩いていた。

ちなみに、こうなった経緯は至極単純で――いつも母親から一週間ぶんの食事代として貰っている二千五百円を、今週はラノベの新刊を買うのに使ってしまい、昼飯を買うお金がなくなったためだった。

「現在、時刻は午後零時五十分……うちは夕飯が早めだから、午後六時半には晩御飯を食べられるとして、ええと……あと五時間四十分か……あと五時間四十分⁉」

まだかなり時間があることに俺が戦慄すると同時――ぐううぅ、と。お腹が豪快に鳴った。……自分のしたことに後悔はないけれど、授業中にお腹が鳴ってしまったらどうしよう、なんて不安を抱きながら、図書室を徘徊していたら……どこからか「ふふっ」という笑い声が聞こえてきたので、俺は声がした方に視線をやる。

そしたら、そこには――四角テーブルの一角に座り、表紙に『ラノベ部』と書かれた本を読んでいる、妻川さんの姿があった。……お昼休みの時間に、ギャルが図書室でラノベ読んでるんだけど。彼女は本当にギャルなのか？

思いつつ、俺は少し離れた場所から妻川を観察する。「ふふっ。くふふっ……」ラノベを読みながら、どうしても堪えきれないみたいに、小さく笑みを零す妻川さん。……わかるわー。読み進めるのが楽しい作品に当たると、ずっとその顔になっちゃうよな！

「……ふふ……」

彼女に共感した俺も、思わず頬を緩ませる。……いやあの、にやにやしながらラノベを読む妻川さんを見て、こっちまでちょっとにやにやしてんの、キモすぎでは……？

そうして、楽しげにラノベを読む妻川さんを観察していたら――ふいに、俺の視線に気づいたらしい彼女が顔を上げ、辺りをきょろきょろし始める。

そのうち、俺の姿を見つけた妻川は「えっ」と声を出しながら席を立つと、手に持っていたラノベを学生カバンにしまったのち、カバンを携えてこちらに駆け寄ってきた。

「わー、ねずまよじゃん！　――やっほー、何してんの？」

「べ、別に、何もしてないぞ……？　ただ時間があったから、この辺をぶらぶら散歩してただけだ……」

「何の目的もなく学校を徘徊してるとか、おじいちゃん過ぎん？」

妻川はそうツッコんだのち、屈託のない笑顔で笑った。……彼女って本当に、こんな俺にも気安く笑顔を見せてくれるよな、なんて考えていたら、俺は何も尋ねていないのに、彼女は自分から喋り出した。

「ちな、あたしは図書室に、何か面白い本を借りに来ました。そしたら、『ラノベ部』って作品を見つけてさ……ふふっ、つい読みふけっちゃったよね！　ラノベおもしれー！」

「そ、そうか……それは良かっ——ごほっ、ごほっ……」

「……つか、なんかねずまよ元気なくない？　どした」

「いや……？　俺、別に元気なくはないぞ……体調だってウェホゲホッゲホッ！」

「や、マジでどしたん⁉　いつもより顔色悪いし、見るからに衰弱してんだけど⁉　ちゃんとご飯食べてる⁉」

「ああ、もちろん……ついさっきだって、水道水を400㏄ほど頂いたしな……」

「それは食事じゃねーよ！　……なに？　もしかしてあんた、腹減ってんの？　ちょっと待ってて！」

妻川さんは俺にそう言うと、肩にかけていた学生カバンを床に下ろしたのち、カバンの中身をがさごそしながら「お、あった」と呟いた。そうして、そこから何かを取り出した彼女は、某ドラさんのような口調でこう口にするのだった。

「てってれ～♪　〇ッキー極細～♪」

「無駄にクオリティの高い声マネやめろ。練習のあとが見えるんだよ」

　そうして彼女が取り出したのは、どうやらお菓子の箱のようで――妻川はそれを開けると、二袋あるうちの一袋を俺に差し出してくれた。え……もしかして。

「こ、これ、くれるのか……？」

「うん。お腹空(す)いてんでしょ？　食いな！」

「で、でも俺、お金払えないんだけど……」

「こんな状況でお金なんか取る訳ないじゃん。あんま澪奈(みおな)のことナメんなよおい」

　そんな言葉と共に、俺の肩を拳でグリグリしてくる妻川さん。俺はつい感激してしまいながら、彼女を正面から見つめる。――にこやかな笑顔と共に、空腹の俺に〇ッキーを恵んでくれた白ギャルが、いまは女神にしか見えなかった。

「もしかして妻川さんって、俺達オタクが夢に見ていた――オタクに優しいギャル、という存在なのでは？」

「あははっ、勘違いすんなし。別にギャルがオタクに優しいわけじゃなくて、あたしがオタクに優しいギャルなだけだから。調子乗んなー？」

　そんな風に笑う彼女からお菓子の袋を受け取ったのち、俺は震える手でそれを破る。そのまま、極細○ッキーを一本、口に放り込んだら……俺は思わず、こう叫んでいた。

「……うわあああぁぁぁぁ！　おいし――――っ！」

「めっちゃシンプルな感想溢れさせてんなこいつ」

そうして、妻川に頂いた○ッキーを貪り食べること、十数秒。

チョコの甘み、プレッツェルの香ばしさを味わいつつも、時間的には一瞬でそれを食べ尽くした俺は、彼女に深々と頭を下げながら、感謝の言葉を口にした。

「マジでありがとう、妻川さん……俺すげー腹減ってたから、めちゃくちゃ助かった！　本当にありがとう！　このご恩は一生忘れません！」

「や、めっちゃ感謝するじゃん。どんだけお腹空いてたのあんた」

「実は俺、いますげえ金欠でさ……昼食にパン一個も買えないくらい困ってたんだ。だから、妻川さんから固形物を貰えたのがマジでありがたくてな……ありがとう！」

「人があげた鬼ウマお菓子を固形物って言うなし。――つか、ねずまよっていま、そんな金欠なんだ？　……もしあれなら、あたしが明日、お弁当でも作ってきてあげよっか？」

「え……？」

妻川のその発言に、再び呆気に取られる俺。一方の妻川は、何の他意もなさそうなにこやかな表情で俺を見つめていた。……妻川さんの手作り弁当？　そりゃあ、明日も昼食を用意できない予定の俺には、願ってもない話だけど……。

そんな風に、俺が色んな意味で躊躇していたら、彼女は明るい声音で続けた。

「あたしさー、最近料理にハマっててね？　だから、あんたに食べてもらえんならちょうどいいかなーって。自分のために作るんじゃ、あんまモチベ上がんないし？　誰かのために料理したいんだよね！　――ね、あたしの弁当、食ってくれるでしょ？」

「そこまでしてもらうのは、ちょっと……」

「でもねずまよ君、いま金ないんだよね？　明日の昼飯どうすんの？　また水道水？　そろそろ死ぬくない？」

「いやいや、さすがに死にはしないから……ゴホッゴホッウエホッ！」

「冗談じゃ済まなさそうじゃね？　――いーからあたしに甘えなって。澪奈という、ママみのあるギャルに甘えちゃいな！」

自身の胸をどん、と叩きつつ、そう言ってくれる妻川。……正直、俺に対する彼女のフランクさというか、フレンドリーさというかが、俺の戸惑うレベルになりつつあった。

そんなことを思いつつ、俺は改めて彼女に向き直ると、悩みながらもこう口にした。

「……いや、妻川さん。弁当はさすがに、遠慮しとくわ……」

「は？　なんで？　あたしが作ってきてあげるっつってんだけど？　あ？」

「ちょ、DQNっぽい感じでキレるのやめて？　……だって、そこまで親切にされる理由がないだろ。別に、俺と妻川さんはそういう間柄でもないし。それなのに弁当を作ってきてもらうっていうのは、その……どう受け取ったらいいか、わかんないよ」

「…………は？」

俺の発言に対し、なに言ってんだこいつ、という顔をする妻川。それを受けて俺は、俺がいま抱いている感情をちゃんと彼女に伝えるために、再び言葉を重ねた。

「妻川さんがどういう考えで俺に弁当を作ってくれるのかわからないから、怖いんだ。ボランティア精神なのか何か思惑があるのかわかんないけど、怖い。というか引く」

「引く⁉　あたしから手作り弁当貰って⁉　生意気じゃねお前⁉」

「でも、実際そうなんだよ……最近さ、妻川さんってすげえ俺に話しかけてくれるだろ？　その一個一個が俺には『どうして？』で、さっき〇ッキーを恵んでくれたのだって、個人的にはめちゃくちゃありがたかったんだけど、根底には『なんで？』って疑問がやっぱりあって――とにかく俺はいま、お前っていうギャルに近づかれて、戸惑ってるんだ」

「……そーなの？」

「うん……でも、その相手がみなちょさんだから、そこまで嫌じゃないというか……いや、嫌じゃないって思うこと自体、拗らせオタクとして違うんだけど――ともかく、陽キャギャルにぐいぐい来られてる現状には困惑しかなくて、だから弁当を作ってきてあげるって言われたのは正直嬉しいけど、それを素直に受け取れない……また、受け取るべきじゃないって思ってるというのが、俺の本音であり――」

「ふふっ。――ごちゃごちゃうっせーなてめー」

俺がだらだらと本音を吐露してしまったら、言葉の途中で妻川はそう言って、俺の胸をパンチしてきた。

……というか、なんか俺いま、余計なことまで喋ってた気がするんだけど！　そんな風に俺が焦っていたら、彼女は楽しげに笑いながら、こう続けた。

「なんかねずまよ、真面目すぎん？　いいんだよ、『……なんか俺最近、ギャルにつきまとわれてんなー。つか、ギャルって可愛いなー、俺ギャルめっちゃ好きだなー』って、適当に思っときゃ」

「あの、さらっと印象操作しようとしてません？」

「あたしの行動一個一個に、原因や要因を求めすぎだっての。――つか、いまのあたしの発言、賢い子っぽくない⁉」

「それを言うことで賢い子ではなくなったけどな」

「あはは っ。でも、マジでそうだから。さっきあんた、あたしがどういう気持ちで弁当作ってくれるかわかんないから怖いっつってたけど、それに関しては前も言わなかったっけ？　そんなん——あたしが、ねずまよと仲良くなりたいからに決まってんじゃん」

「——」

「あんま三次元にビビんなよ、オタクくん。ギャルがオタクに優しいなんて、そんなのは幻想だけど——そういう理由がある澪奈だけは、あんたに優しくしてあげるから。あたしに優しくされることを怖がってんじゃねーよ」

……真っすぐ投げられた言葉に、好意に、俺は目を丸くしてしまった。

俺が妻川に対して抱いていた苦手意識が、少しだけほどけたのを感じる。

ギャルなんて俺には到底理解の及ばない存在だと思っていたけど、そうか……彼女もちゃんと利己的な感情に則(のっと)って、こうして俺に良くしてくれているんだ。

もちろん、どうして俺なんかと仲良くなりたいんだろう、という根本の疑問は拭えていないけど、少なくとも。彼女が俺に優しくしてくれる理由を改めて知り、俺はちょっとだけ安心してしまうのだった。

「んで？　澪奈の手作り弁当、どうすんの？　ほんとに断る？」

「………」

拗らせオタクとしては当然、断るべき場面なのかもしれない。でも、彼女がくれる優しさの正体が、俺の理解できないものじゃないとわかったいま――そうであるなら、文化的な食事をしたいという浅ましい思いを抱いてしまった俺は、彼女にこう告げていた。

「厚かましいんだけど、お願いしてもいいですか？」

「ふふっ、もち！　任せとけよー。見た目がフェスってて、味もブチアゲな、鬼ヤバ弁当作ってくっから！」

「変な薬とか入れないでもらえると助かります！」

冷静に考えると、三次元の女の子が作った弁当なんか食べられるか！　と拗らせオタクらしい意地を張ったのに、最終的には――お弁当お願いしてもいいですか？　と言わされているあたり、このディベートで俺、完全にギャルに敗北したのでは……？

そんな恐ろしい事実に気づきかけていたら、妻川はふいに学生カバンから自身のスマホを取り出し、こう言ってきた。

「ちな、あたしが料理したいモードになったきっかけの動画があるんだけど、観る？」

「……そういえばさっき、最近料理にハマってるって言ってたな……何か動画を観て、自分も料理したくなったのか？」

「や、そういう訳じゃないんだけど――とりま、一緒にこの動画観よ！」

まだ観るとは一言も言っていないのに、妻川はそんな言葉と共に俺の手を引き、お互い

の体をぐいっと近づける。それから俺達は頰と頰を寄せて、一つのスマホを覗き込んだけど……ちち近くない⁉

いやあの、明らかに近いんだよ距離が！　何かよくわからんいい匂いもするし、ギャルって陰キャに対する思慮が欠けすぎでは⁉

内心でそう思いつつも、明日弁当を作ってきてもらう以上、料理動画の一本や二本くらい我慢して観るべきだと考えた俺は、妻川が小さめの音量で再生し始めたスマホの動画に集中する。そしたら、そこには——。

『はーい、やってまいりました。なっちょの手作りクッキングー！　いぇーい！』

俺の隣にいる彼女……妻川さんが、ポニーテールの髪型に猫の絵柄のエプロンという装いで、ハウススタジオのキッチンに立っている映像が映っていた。

「え……妻川さん、これは……？」

「ふふふー。これは、あたしの所属するモデル雑誌『leg』の、公式YouTubeチャンネルでーす！　見てこれ、あたし可愛くない？　映え突き上げてない？」

「自分が出てる動画を観て『映え突き上げてない？』って、自画自賛とワードセンスがすごいな……」

「つか、ちゃんと観て！　この動画マジおもろいから！　爆笑必死！　笑い死ぬよ！」

「あんまり自分でハードル上げない方がいいのでは？」

俺はそうツッコみつつ、スマホの中にいる彼女を見やる――『ギャルが肉じゃが作ってみた！』というタイトルを冠したこの動画は、『leg専属モデルはレシピを見ずに料理を作れるのか？』がテーマの動画のようで、今回妻川さんに与えられたミッションは、スマホなどには一切頼らずに、一時間以内に肉じゃがを完成させることだった。

『やば！　めっちゃ食材あるんだけど！　カニとか、高いのによく用意したね！　つか、肉じゃがってカニ入れていい系？』

そう喋りつつ、タカアシガニを両手で抱える妻川。そのままカニの足を動かして『かに道楽！』と一発ギャグを放つも、テロップで《つまんなｗｗｗｗ》とツッコまれていた。

「テロップ酷くないか？　確かにつまんないけど、みんなが思ってることをテロップに出したら可哀そうだろ」

「え、ねずまよもあたしに酷くね？」

妻川のそんなツッコミを無視していたら、次いで、動画内の彼女はとある食材を見つけると、何故かテンションを上げながらそれをまな板の上に持ってきて、こう言った。

『パイナップル！　入れたら絶対美味しくなるくない？』

「バカよせ、酢豚じゃないんだぞ！　酢豚にだっていらないのに、肉じゃがにパイナップルってどういう攻めだよ……」

「あはは っ！　この女マジでヤバいよねー。料理できなそー」

「お前、どういう立場でものを言ってんの？　パイナップルを切ろうとしているこの女は、いま俺の隣にいるお前とイコールなのだが？」

俺はそうツッコみつつ、妻川と一緒に、妻川の料理動画を観続ける。

……そもそも、すげえ長いネイルをつけたまま料理してんだけどこのギャル。そんな爪じゃパイナップルなんか切れないだろ、と俺が思っていたら——案の定。妻川さんは『いたっ！』という言葉と共に、パイナップルの棘（とげ）で自身の指を傷つけてしまった。

『いった、最悪……マジでないんだけど………は？　キモ……鬼ダル……』

そうして、暗転と共にテロップが挿入される——《それから、五分後！》

『はい……それじゃあ仕切り直して、肉じゃが作っていきまーす……別にあたし、肉じゃが好きじゃねーけど。マネージャーにやれって言われたし、やりまーす。仕事なんで』

「怪我（けが）して明らかにテンション下がってるじゃねえか！」

「あたしマジでもう二度とパイナップルの皮とか剝（む）こうとしないから。パイナップルマジ許さねえ」

「まさかパイナップル君も、棘があるだけでこんなにギャルに憎まれる日が来るとは思ってなかったろうな……」

　それから、不機嫌になった妻川さんは改めて、本筋の料理に取り掛かる。

　パイナップルを諦めた彼女は、肉じゃがに必要な食材として——にんじん、薄切りの牛肉、玉ねぎをチョイス。肝心のじゃがいもを手に取ったところで、少しだけ元気になった彼女は、得意げに口を開いた。

『このじゃがいも、男爵？　メークイン？　確かメークインの方が、煮崩れしづらいから肉じゃがにするのに向いてるんだよね。——ちな、お母さんの教えで、澪奈こういう知識はあるから。ふふん（ドヤ顔）』

「パイナップルに敗北した女が何か言ってるな……」

「負けてないし！　向こうが勝ち逃げしただけじゃん！」

「勝ち逃げされたなら負けてるんだよなあ……」

　そんな会話を交わしつつ、愉快なギャルクッキングを二人で見守る。そのうち、妻川は野菜を水洗いし終えると、皮を剝き、それらを一口大にカットし始めた。

「おお！　ここら辺の工程はさらっとできてるな」

「えへへー。もっと褒めてもいいよ？」

「まあ、カットされた野菜はかなり歪な感じだけど……形がバラバラすぎて、均一に火が通らなさそうだ」

「もっと褒めろし。ざけんな」

そうこうしているうちに、調理は最終段階である味付けに突入。いまのところ妻川さんは、切った野菜とお肉を鍋で煮ているだけで、味付けに関しては何もしていなかった。

そうして彼女は、調味料が並んだテーブルへと足を向ける。そこにあるものを観察したあとで、そのうちのいくつかを手に取りながら、妻川は小首を傾げて呟いた。

『醤油……砂糖……みりん？　みりんって何に使うやつ？　いらんくない？　──つか、お味噌？　おー、味噌いいじゃん。入れてみる？』

「バカバカバカバカバカ！　味噌はやめろ、味噌だけは考え直せ！　みりんを入れないのとかはもう最初から諦めてるから！　とりあえずお前は、その両手で抱えてるでっかい味噌の容器を、いますぐ机に置けって！」

『隠し味とかはいらないのかな？　──あ！　ピンクのモンエナとか入れてみる⁉』

「余計なことすんなテメエ！」

「あはははははっ！　マジウケなんだけど！　めっちゃツッコんでくれるね！」

俺がスマホにツッコむのを見て、そんな風に笑う妻川。……この動画の中にいるのは過去のあなたなので、他人事みたいに笑ってんのはおかしいんだよなあ……！

そこからはもう、この動画は予想通りの結末へと走り始める——醤油、砂糖を気持ち程度入れた彼女は、結局は鍋の中に、お玉で掬った味噌をドポンと投入してしまった。そののち、遂に完成したそれの味見をした妻川は、何かに気づいたようにこう呟く。

『……ん⁉　……まあ、うまいよね。味はちゃんとうましだけど……あー、そっか。マジか。なるほど、そっちのバイブスになった系だ？　りょです』

そうして彼女は、お椀に出来上がった料理を盛り付けると、それを両手で持ち、この動画を視聴している皆さんに見せながら——可愛らしい笑顔と共に、こう言うのだった。

『という訳で、かんせー！　——澪奈流、彼ピ専用お味噌汁でーす！』

「約束と違うじゃねえかよ！」

俺がそうツッコむと同時、隣にいるギャルが「あっはっは！」と、腹を抱えて爆笑し始めた。……いやすげえ笑ってるけど、お前に言ってるんだからな⁉　この動画、『ギャルが肉じゃが作ってみた！』ってタイトルなのに、タイトル詐欺じゃねえか！

そんなオチがあったあとで、動画は終了。最後に『チャンネル登録よろー！』とか妻川が言っていたけど、それをお願いする前に謝罪すべきことがあるだろうが。

「はあ、はあ……なんか、観てて疲れる動画だったわ……動画内にツッコみたい部分が多すぎる……」

「ふふっ。でも、面白かったっしょ？」

「ああ、うん……妻川さんの行動が予測不能で、飽きはしなかったな……」

「いぇーい！　あたしも、ねずまよのリアクション見てんのちょー楽しかった！　またあたしが出てる動画、一緒に観ようね！」

にこやかな笑顔と共に妻川にそう言われてしまったけど、正直、もうしばらくは観なくていいと思った。金欠で栄養を摂（と）れていない俺に、スタミナ消費させないでくれる？

思いつつ、俺は改めて妻川に向き直ると、彼女の目を見ながら続けた。

「ところで、話は変わるんだけど――そういえば妻川さん。明日、俺に弁当を作ってきてくれるって話だったけど、あれ、やっぱいいわ……お気持ちだけありがとうな！」

「それ、実は話変わってなくない⁉　絶対あたしの料理動画観たから、あたしの手料理食べたくなくなったんでしょ！」

「……そそそそそんなことナイヨ？」

「嘘（うそ）下手すぎでしょこいつ！　せっかく、この撮影で料理の楽しさを覚えたあたしが、夜田（よだ）に作ってきてあげるっつってんのに……あたしの味噌汁、飲みたくないのかよ！」

「また味噌汁を作る気かよ！　つぎ味噌汁を作ろうとしたら、今度は肉じゃがができるのでは……？」

「ともかく、明日はお弁当、作ってきてあげるから！　ちゃんと食べなね！」

「お金払うんで勘弁してください」

「金欠のあんたがお金払ってまで食べたくないとかどんだけだし！」

そんな言葉と共に、俺の肩を強めにパンチする妻川。ほんと、勘弁してつかあさい。

ちなみに、これはちょっとしたオチだけど——翌日。妻川さんが作ってきてくれたお弁当は、俺が危惧していたような危なっかしいそれではなく、普通に美味しいもので……彼女曰く「ちゃんとレシピ見て作ったらこんなもんよ！」ということらしい。

何故か白米の部分に、海苔で『ガチうま』と書かれたその弁当には、男の子が大好きな茶色いおかずが詰まっており……俺はそれを、ワ〇ピースに出てくるギ〇のように「面目ねェ……面目ねェ！」と、涙を流しながら食べたのだった。腹減り過ぎだろ俺。

第五話　ギャルとライトノベル

よく晴れた日曜日、午後二時過ぎ。

先日、待望のバイト代を手に入れた俺は現在、自宅のあるさいたま新都心から一駅の大宮駅に降り立ち、その近くにあるアニメイトへと向かっていた。よっしゃあ！　今日は財布もかなり暖かいし、欲しかったラノベや漫画を買いまくるぞおおお！

ちなみに、いま俺が自室に積んでいる本の冊数は、一般文芸が四冊、ラノベが八冊、漫画が二冊です。なんでオタクって、積み本を無視して新刊を買いに行ってしまうん？

そんなことを思いつつ、大宮アニメイトに足を踏み入れる俺。

すると、そこには――。

「…………♪」

少年のようなわくわく顔で、平積みにされたラノベの新刊を見つめる、オシャレな私服姿の白ギャル、妻川の姿があった。……えっ、妻川さん⁉　何でアニメイトに⁉

一瞬そう思ったけど、そういや彼女、ラノベ読みのみなちょさんだもんな……埼玉住みのオタクが、メイトやメロブ、ゲマなどが密集している、ここら一帯――大宮駅周辺に出没しない訳がなかった。オタクに優しい埼玉県、いっぱいちゅき。

　それから俺は、妻川さんに見つからぬよう、思わず本棚の陰に隠れてしまう。……すると、それまで本棚を整理していた女性店員さんがふいに、妻川に話しかけてきた。

「いらっしゃいませ。お探しの商品はありますか？」

「……あ、ゆずっぺ！　超久しぶりじゃん！　なんで最近会ってくんなかったんだよー」

「そんなの、そっちがお店に来てくれなかっただけじゃない。私、日曜のこの時間はずっとバイト出てたよ？」

「マ？　つか、いつもあたしからゆずっぺに会いに来てるけど、たまにはゆずっぺの方からあたしに会いに来てくれてもよくない？　ズルじゃん」

「ズルって何よ。私達はアニメイトの客と店員って関係なんだから、私が会いに行くのはおかしいでしょ」

「ラノベのデリバリーとかやってないん？　通販とかとは違う感じでさ、あたしがゆずっぺに電話したら、できたてのラノベを三十分以内に届けるサービスとかないの？」

「ラノベにできたても何もあるか。あまり調子に乗るなよお客様？」

　アニメイトの店員さんにそうツッコまれ、楽しげに笑う妻川。

　そうして、二人はしばしお喋り(しゃべ)りを楽しんだのち……「じゃ、そろそろ仕事戻るね」

「ん！　がんば！」という会話を最後に、店員さんは本棚整理の作業へと戻っていった。

それを眺めながら、俺が若干驚いていたら——突然、こっちの方を見た妻川が俺を発見し「あ」と声を出す。……いま彼女、どうして俺の視線に気づいたんだよ。

それから、妻川は何故か悪戯っぽい顔になると、こちらに歩み寄ってきたのち、俺の肩に手を置きながら、笑顔でこう続けた。

「あたしがいるのに気づいてたっぽいけど、なんで話しかけてくれなかったの？　ねえ、ねえねえねえねえねえねえねえねえ」

「ちょ、目のハイライトを消してヤンデレっぽく詰めてこないでくれます!?　どうやってやってるんだそれ!?」

「ふふっ。——ねずまよ君、みーつけた」

「その目のまま怖いワード言うのやめろ！　怖いんだよ！」

俺がそうツッコむと、また妻川は楽しそうに「あははっ」と大声で笑う。……ギャルって誰とでも楽しく会話できすぎでは？　そのコミュ力、オラに少し分けてくれ。

「じゃ、改めて——ねずまよ君うぇーい！」

「改まって言うことかそれ……はい。こんにちは、妻川さん」

「ねずまよ——じゃなくて夜田氏は重度のオタクなので、ライトノベルなるオタクアイテ

ムを求めて、ここに来たんでござるか？　デュフフｗｗｗ」

「そうでござる。というか、妻川氏もギャルのくせにラノベが好きなオタクなので、他人のことは言えないのでござるが？ｗｗｗ」

「確かにで候ｗｗｗｗ　草超えて森ｗｗｗｗ」

そう言ったのち、自分の言葉にウケてからからと笑う妻川。何だよこのノリ。

思いつつ、俺は話題を変えるように、少し気になっていたことを彼女に尋ねた。

「……どうでもいいけど、妻川さんって、アニメイトの店員さんとも友達なんだな？　店員さんと友達って、どうやってなるんだよ」

「え？　ふつーに、何回か通ってたら自然と仲良くなんない？」

「陽キャの普通が理解できねえ……もしかしてあなた、ラインの友だちの件数とか、300人くらいいってるんじゃないですか？」

「や、ラインはあんまやってないから知らんけど　インスタの相互フォローは800人くらいいたかな？」

「800人⁉　もう国家築ける人数だろそれ⁉」

「築けねーよ。驚きすぎてツッコミ間違えてるじゃん。——まあ、いまはもう相互を厳選して、100人くらいに絞ったけどね。……なんか、これまでインスタでやり取りしてきたいつメンの中に、鬼どーでもいい奴がめっちゃいることに気づいちゃってさ。だからあたしいま、誰かにインスタやってる？　って聞かれても、やってなーいって嘘ついて、めったにフォローしなくなったよ。たぶんインスタの相互とか、もう三億年ぐらいやってない気がする」

「規模をでかく言い過ぎだろ。三億年前じゃ、スマホ以前に人類が誕生してねえよ」

「ふふふっ。でもこれ、マジだから。もうあたし、ガチな相手としかインスタ相互しないって決めたんだよね。──実は澪奈、全然ビッチしないギャルなんで。清楚系ギャルなんで、よろ！」

「ブラックマヨネーズみたいに矛盾した言葉を作るなよ……無理だろ、その二つの属性を兼ね備えるのは」

「処女でーす！　いぇーい！」

「絶対嘘だ！」

俺がそうツッコむと、彼女はまたからからと笑ったのち──「一応、マジなんだけどなー。でも、これは信じてもらえなくてもしゃーなし」と呟いた。これまで累計五十人くらい彼氏を作ってそうな妻川さんが未経験とか、信じられる訳ないだろ！

というか、アニメイトに入店してからこっち、妻川を観察したり、彼女と会話したりしかしてないけど、違った……俺はこの場所に、大好きなラノベを買いに来たんだった。

そう思い直した俺は彼女に、「じゃ俺、ラノベ見てくるから」とだけ言い残し、ラノベの新刊コーナーへと向かう。すると、別れの挨拶をしたはずの妻川（つまかわ）が俺についてきたので、若干訝（いぶか）しげな目で彼女を見てしまったら、怒った表情の妻川がこう言ってきた。

「あたしもラノベ買いたいからアニメイト来たんですけど？　あ？」

「……わかりやすくブチギレるなよ。確かに、いまの俺の言い方は、妻川さんを雑にあしらってる感じがあったよな……すまん……」

「あんまあたしを怒らせたら、辞書の角で殴るかんね？」

「や、やめろ！　辞書の角で殴られたら痛いだろ！」

恐怖で膝を震わせながら俺が普通のことを言うと、妻川はすぐさま「わかりゃいいんだよ。あんまあたしをあしらうな？」と言って、朗らかな笑みを浮かべた。意外と物分かりのいいギャルだった。

そうして、俺は成り行き上、妻川と一緒にラノベの新刊チェックをすることに……ひとまず、絶対に買うシリーズの続刊、あらすじで欲しくなった新作を計三冊ほど抱えると、著者名で気になった作品が一冊あったので、それも手に取る。

そしたら、何故か妻川が声のトーンを一段階上げて、俺に喋りかけてきた。

「あー、それ気になっちゃう感じですかー？　お客さん、なかなか目の付け所が素晴らしい感じだー？」

「急に鬱陶しいセールストークなんだよ……」

「あたし、この作者さんの前作――『おやすみツァラトゥストラ』読んだんだけど、あれめっちゃ良かったよ！　つか、ねずまよも読んでなかったっけ？」

「読んだ。――クッソ良かった。すげー好き。ぼろっぼろ泣いた」

「ね！　あれガチでいいよね！　面白さ突き上げ花火ドカンドカンたまやーだよね！」

「ちょっと言葉遣いがギャルすぎてなに言ってるのかわからないけど……そうだな！　面白さ突き上げ花火ドカンドカンかぎやーだな！」

「は？　あんたなに言ってんの？　意味わかんないんだけど」

「そっちが先に言ってきたのに⁉」

急に梯子(はしご)を外され、思わずそうツッコむ俺。このギャル、自分の発言に責任を持ってなさすぎでは？

すると、妻川さんはふいに「ちょっと待ってて！」とだけ言い残し、その場から立ち去る。――それから一分も経(た)たないうちに戻ってきた彼女は、どこからか持ってきたラノベの表紙を俺に見せつけながら、こう続けた。

「ほら見て！『おやすみツァラトゥストラ』！」

「お、おお、そうだな……俺も妻川さんも既に持っているその本を、何でここに持ってきたのかは、よくわからんけど……」

「なんとなく！」

「な、なんとなくかー。そっかー……」

無邪気な子供みたいなギャルだった。好きなラノベの話になったから、それをわざわざ書店の本棚から探してくるって、マジで何の意味もない行為だけど……それを行動に移すのが、なんだか彼女らしいな。

それから、妻川はそのラノベの表紙を見てにこやかに笑うと、弾んだ声音で続けた。

「静花が親友の芹葉のために、雄太の告白を断るシーン……鬼やばない⁉」

「ああ、あれはやばかったな……」

「でしょー⁉　あのシーンはねー、マジでバイブスしか感じんシーンだよね……やっぱ静花しか勝たん……」

「まあ、実際は負けヒロインなんだけどな、静花……」

「負けヒロインしか勝たん！」

「不思議な言葉を生み出すなよ。それって負けなのか？　勝ちなのか？」

「負けたけど勝ちでしょ！　むしろ、負けたから勝ちなんじゃん！」

妻川はそんな謎の言葉と共に、俺を見つめる。——目をキラキラと輝かせ、心底楽しそうな表情。伝えたい気持ちが溢れて仕方がない、といった様子で、彼女は話を続けた。

「ねずまよ君は気づいた？　あの場面さ、雄太が『それ可愛いな』って褒めてくれたヘアピンを、静花がこっそり着けてんの！　それってたぶん、そのヘアピンが静花のガチな思いってことじゃない？　——やっぱまだ好きなんだって、あの子は！　『好きじゃなくなった』『失恋できた』って口では言ってるけど、口だけならなんとでも言えんじゃん？　だからきっと、そのヘアピンを着けてきたことが！　静花の偽らざる思いってわけ！」

「ああ、そうだな……」

「きっと、感情としてはめっちゃ同じくらいなんだよ！　親友に幸せになってほしい、と！　自分が雄太と一緒になりたい、は！　それでも、あの子は優しいから……親友を傷つける方を選べなかった静花は、自分が傷ついて、告白を断るっていう——マジ泣けすぎなんですけど！　このラノベ最高かよ～！　愛しさしか生まれね～！」

「そうだな。謎ワードがさらっと生まれたけど、感情自体は概ね同意だ」

「つかさ、つかさ！　静花が泣き出すとこも鬼アゲじゃない⁉　あの子が泣くのってさ、告白を断る前でも、断った後でもなくて——『ごめんなさい、付き合えません』って言った、その直後なの！　彼女がそれを言った瞬間、注ぎ過ぎたレモンティーがカップから零れるみたいに、感情がぶわあああっ！　って溢れ出してんだよね！　あれめっちゃリアルじゃない!?　あの瞬間に『ああ、私は雄太と付き合えないんだ……』って静花は自覚してんの！　――は？　神か!?　静花が神なの!?　それとも静花を書いた西野マジメ先生が神なん!?　こっちだって涙ぶわーって溢れたわ！　脱水症状起きるだろうが～！」

「くふふっ、ふふふふっ――」

「……ちょっと、なに笑ってんの？　あたしマジで話してんだけど？」

「い、いや、すまん……ただ、何というか――やっぱ俺、みなちょさんの感想、好きだなあと思って」

「え…………」

俺のそんな発言に、呆気に取られたような表情で固まる妻川。……やべ、もしかして俺いま、キモいこと言ったか……!?　そう思った俺は慌てて、いま自分が抱いた感情が彼女に正確に伝わるように、言葉を重ねた。

「すすす好きっていうか、俺の好みっていうかな!?　みなちょさん――妻川さんはいつも、自分の好きな作品の好きなところを、どう好きなのか、自身の感情の動きを交えながら、言葉にしてるだろ？　俺はそれ、すっごい好きなんだよな……」

「……お、おお。そうなの……？」

「本当、ギャルのくせにめっちゃ良いラノベ感想呟くよな……」

「ギャルのくせに、って一言必要だった⁉」

妻川さんのそのツッコミに、俺はつい笑いそうになりながら、彼女を見つめる。

正直な話、俺は未だに妻川のことが苦手だ。でも、いまの彼女を見たら、少しだけ安心してしまった。……そうか、やっぱり彼女は、みなちょさんなんだな。

妻川さんは当然、俺とは人種から違う人だけど、でも……好きなラノベを語らせたら、こちらが口を挟めないほどの早口で思いを語るくらい、ラノベを愛していて――彼女はそんな、実は俺と変わらない部分もある、ラノベオタクなんだ。

ぶっちゃけ、変な子だとは思う……陽キャなのに、オタクを下に見てないし。ギャルなのに、ラノベを読むのが大好きだし。もしかしたら彼女は、陰と陽どっちの要素も併せ持った、太極図みたいなギャルなのかもしれない。どんなギャルだよそれ。

つまるところ、彼女はギャル純度百パーセントの、ギャルギャルしいギャルではないんだろう。そう考えると、ギャルだけどラノベ好きな妻川さんに、『俺が苦手なギャル』というラベルを張ってしまうのも、ちょっと違うのかもしれなかった――。

俺がそんなことを考えながら妻川を見ていたら、唐突に――彼女は何故か頬を朱色に染めながら「や、こっち見んなし」と言ったのち、俺から顔を逸らした。……？？？　何を照れたようなリアクションをしてるんだ彼女。こんな風に誰かから褒められるのなんて、妻川さんにとっては日常茶飯事だろうに。

　思っていると、彼女は茶色に染まった毛先を手でくしくし弄りながら、尋ねてきた。

「え、でもさ……別に、ラノベの感想に良いも悪いもなくない？　あるのは、良い作品かそうじゃないかってだけじゃん？」

「いや、そんなことはないだろ。――もちろん、感想なんか個人の自由だけど、そこに上手い下手はやっぱりあるって。それは、日本語の文法的に正しいかそうじゃないかって話じゃなくて、そこに感情がのってるかそうじゃないか、って話だと、俺は思ってるけど」

「……それで言うと、あたしの感想は？」

「めっちゃ感情がのってて、めっちゃ良い。……俺はマジでそう思ってるけど、自分から褒めを欲しがるなよ！」

「あははっ、欲しがってんのバレた？」

　未だ赤らんだ顔のまま、そう言って笑う妻川。欲望に忠実なギャルだった。

　それから彼女は、ラメでキラキラしたピンク色のスマホをカバンから取り出すと、それを何秒か見つめたのち、俺の様子をちらちら窺い見つつ、こう口にした。

「つか、インスタで相互しよーよ」

「……あれ？　妻川さんさっき、インスタで相互フォローとかもうしてない、みたいなこと言ってませんでしたっけ？」

「言ってないよー」

「平気な顔で嘘(うそ)つくじゃん」

「や、どーでもいい奴(やつ)とは相互しなくなったってだけだし。――新しく友達になったねずまよにはメッセ送りたいもん。だから、相互しよ？」

「……というか、俺達は別に、友達にはなってない筈(はず)だけど……」

「は？　あんた、まだそんなダルいこと言ってんの？　つか、早くスマホ出しなって」

　妻川はそう言ったのち、俺のジーパンのポケットに手を突っ込むと（⁉）……「どこに隠してんだよおい。早く出せよ」と口にしながら、他人のズボンのポケットをまさぐってきた。――ちょ、何してんのこいつ⁉

や、やだっ……変なところ触らないでよっ！　このばかっ！　へんたいっ！

「おまっ、やめろやめろマジで！　いますぐ自分で出すから、男子のポケットに無理やり手を入れんなって！　さすがにセクハラですよ⁉」

「けっ、最初からそう素直に従ってりゃいいんだよ……」

「怖いよ、妻川さん……やっぱギャルって肉食系なの……？」

「や？　このスタイルをキープするために、基本サラダばっか食べてるし？　だからあたし、別に肉食系じゃないガオ」

「語尾が肉食系になってますけど⁉」

「つか、そろそろお腹空いたな……そこら辺に、野生のオタクでもいないかなー。いたら食ってやんのに」

「や、野生のオタクとはいったい……ちなみにだけど、オタクは基本的にインドアで軟弱な生き物なので、野生じゃ生きていけないからな？」

「おっ、こんなところに美味しいそうなオタクいんじゃん。食べていい？」

「おおおオタクなんか食べても美味しくないですよ⁉」

俺のそんなツッコミに、彼女はくすくす笑いつつも、再度――「つかほら、楽しいノリとかいいから、インスタ相互はよう！」と催促してくる。

なので、俺は少しでも彼女に抵抗するため、こう口にした。

「ごめん、妻川さん。俺、三次元の女とは連絡取らないから」

「……あんた、まだその病気発症してんの？　いい加減にしろ？」

「まだ発症してんのってなんだよ。俺のこれは持病だから、完治なんかしないんだよ。むしろ不治の病まである」

「治すのを諦めんなや。大きい病院行って、ちゃんと診てもらいなって」

「わかってないな妻川さん……俺のこの病気は、現代医学じゃ治せないんだよ！」

「何でドヤ顔してんのこいつ。——じゃあいいよ、見てろ？　そのうち、あたしっていうギャルがあんたに、三次元の良さを思い出させてやるから。現代医学じゃ治せないんなら、澪奈（みおな）自らあんたに荒療治して、ねずまよの価値観バキ曲げてやんよ」

「…………」

　にこにこしながら恐ろしいことを言うギャルだった。俺という拗（こじ）らせオタクの核となる信念を殺す気かこいつ……！

　それから、彼女はなおも笑顔のまま、どこか理知的な話し方で続けた。

「つかねずまよ君って、三次元の女に恋したくない——そんで裏切られたくないだけでしょ？　あたしも別に、夜田（よだ）と仲良くなりたいだけで、それは恋モクじゃないから……連絡先の交換ぐらい、してもよくない？」

「…………」

「むしろ、連絡先を交換しないって、それが逃げじゃん。あたしと連絡先を交換したうえで、それでも二次元愛を貫くのが、正しいあんたじゃないの？」

「……このギャル、正論でオタクを殴るのがうますぎでは……？」

俺がそんなコメントを残すと、ギャルな彼女は「うぇーい」と言いながらギャルピースしてきた。こいつ、普段は何も考えてなさそうなのに！　どうしてそれっぽい価値観や思想だけはちゃんと持ってるんだよ！

そんな風に思いつつ——でも、彼女の論理は筋が通っていると納得してしまった俺は、ポケットからスマホを取り出した。……まあ、連絡先の交換ぐらい別にいいか。もし返信が面倒だったら、俺のお得意の「ごめん、寝てた」戦法を用いればいいしな！

ちなみに俺、この戦法を多用し過ぎて、男友達の小山（こやま）に一度、「お前カ〇ゴンぐらい寝てんだけど。いつ連絡したら寝てねえんだよ」って怒られました。すまんな小山。

ともかく、連絡先の交換を認めはしたけど、一点だけ彼女に伝えておかなければいけないこともあったので、俺は妻川にこう言った。

「というか、そもそも相互するしない以前に、俺インスタやってないんだけど……」

「高校生でインスタやってないホモサピとかいる訳ねーだろ！」

「……いや、全力でツッコんでるところ悪いんだけど、マジでやってなくてさ……」

「マ？　そっかー。じゃあ、ツイッター……は、普段から二人でよくやり取りしてるしなー。──とりま、ラインでも交換する？」

「ラインなら、一応……」

「じゃ、ラインしよーぜ！　やば、ライン交換とか五億年ぶりなんだけど！」

「何で妻川さんはこういう時、年月の規模をデカくしてしまうのか」

そんな会話をしたのち、QRコードを使ってラインの連絡先を交換する、俺と妻川さん。

すると、ラインの友だちの覧に、ひらがなで『みおな』という表記の名前が追加された。

……別に俺達は友達でもないのに、友だちの覧に追加されるとは、これいかに？

思っていたら、俺の名前が追加されたであろう妻川が、スマホを見ながら口にする。

「へー。ねずまよって、下の名前『涼助』って言うんだ。カッコイーじゃん」

「ど、どうも……」

「じゃあ、あたしそろそろ帰るけど──また一緒にラノベ探そうね、夜田！」

「お、おお……ん？」

「ばいばーい！　ギャルピース！」

最後、お決まりのピースを俺にかましながら、また少し頬が赤らんだままの彼女は、そうしてアニメイトを後にする。あれ……妻川さんもアニメイトにラノベを買いに来た筈なのに、何も買わずに帰っていいのか？

そんな疑問を抱きつつ、先程まで妻川が立っていた辺りを見やると、そのすぐそばの台の上に、彼女が買う予定だったと思しきラノベ三冊（と、おやすみツァラトゥストラ）が置いてあった。……ラノベを買い忘れるほど、重要な用でも思い出したのだろうか？

そう考えながら四冊の本を手に取った俺は、お店の迷惑にならないよう、それらをもとの場所に戻す作業を始めるのだった――。

え？　お前も男なら、妻川が買い忘れたラノベをお前が購入しておいて、後日彼女と会った時に渡してあげろよ、だって？　……ごめんなさい、そんなことをしたら俺がそのぶんのラノベを買えなくなるので、それはちょっと無理な相談です。陰キャにイケメンムーブを期待しないでくれよな！

第六話　ギャルとライン

……もしかしたら俺は、妻川とライン交換をするべきじゃなかったかもしれない。

それが、彼女とラインを交換して一週間ほどが経過した俺の、率直な感想だった。

何故、俺がそう思うに至ったか――それはもう至極単純な話で、妻川からラインが来る頻度があまりにも高すぎるからだ。……いやほんと、実は彼女ってすげえヒマなの？　深夜二時に『なにしてんの？』って送ってくんのやめろ。深夜二時は寝てるよ！

確か、ライン交換をした翌日あたりは、別に普通だった。いつもみなちょさんとツイッター上でしていたやり取りをラインでするようになっただけで、メッセの頻度もこれまでとさほど変わらなかったように思う。

しかし、俺が普通に返信してくるとわかった途端……妻川は徐々に、ラインやインスタなどのチャットアプリ大好き女としての片鱗を、俺に見せ始めるのだった――。

『ねえ』『夜田って好きな子いんの？』

『好きな子？　もちろんいるぞ』

『マ？』『そっか、、』『やば』『あーマジ？』『割とショックかも、、』

『いまは「連れカノ」の「伊理戸結女」がめちゃくちゃ好きだな』

『二次元かーい！』『好きな子いんの？　で二次元の女の子答えんなよ！』『それはそれとして、あたしも結女ちゃんは大好きだけど！』『つか、三次元ではいない感じ？』

『いまは二次元が恋人だから……』

『仕事が恋人みたいに言うなし』『そういや、あんたって最近、めっちゃ可愛いギャルに構われてんじゃん？』『まだあの子のこと、好きにはなってないんだ？』

『何故いつか好きになるのが前提みたいな言い方なんだ……あと、自分のことをめっちゃ可愛いギャルって言うのはどうなんです？』

『あたし、自分が可愛いことをわかってて、「わたしなんて可愛くないですよー」って言う女にはなりたくないから』『だからあたしは可愛い！』『リピートアフターミー？』

『…………』

『言えよｗｗｗ』『三点リーダで返信すんな』『実際、あたしって可愛くない？』

『…………』

『おい』『こうなったら意地だかんな』『夜田が可愛いって言ってくれるまで、可愛くない？って聞き続けるんでよろしく』『ねえ、あたしって可愛い？』

『やってることが「口裂け女」と同じなんだよなあ……』

いまでは、妻川さんとこんな感じのやり取りを——毎日二時間ほど、欠かさずするようになってしまった。……いや、二時間て！　そんだけあったら、深夜アニメが五本は観(み)れてしまうぞ⁉

ちなみに、そう思った俺が彼女のラインをしばらく未読無視したら、妻川からのメッセが１０９件溜(た)まっていたこともあった。——は？　１０９件⁉　渋谷にあるファッションビルかな⁉　あの時はさすがの俺も、戦慄したぜ……。

ただ、メッセの内容としては全然、返事がなくて怒ってる感じではなかったけど……でも、ずっとフラットに『おーい夜田ー』みたいな短文が送られてきてて、それが逆に怖かったです！　スパムじゃないんだから、返信がないやつにメッセを送り続けるなよ。

そんなこんながあって、現在——妻川とラインを交換してから一週間ほどが過ぎた、月曜日の朝八時過ぎ。

今朝から雨が降っていたので、普段は自転車通学だけど、今日は電車で学校へと向かっていた俺は、乗り換えのために大宮駅で下車したのち、東武野田線の下り電車に乗った。

そしたら、混み合う車両の中で、俺の通う高校——私立夕凪(ゆうなぎ)高校に向かう生徒の姿をちらほらと見かける。なので、それをぼーっと観察していたら、少し離れた場所に彼女を発見した。

「……ふわぁ〜あ……」

手で口元を隠したりはせずに、電車の中で大きなあくびをかます彼女――妻川さんは、わかりやすく眠たげな眼を擦りながら、緑色の座席の端に小さく座っていた。

「寝不足になるくらいなら、もっと早くラインを切り上げてほしいのだが……？」

俺がそう呟きながら、妻川のいる方を見つめていたら、一人のおばあちゃんが車両内に入ってきた。――彼女は周囲を見渡すと、空いている席がないことに気づき、しぶしぶといった様子で扉のそばに立つ。……それを見た俺はつい、僅かに苦笑していた。

少しだけ、俺がいま席に座れていなくてよかったと、そう思ってしまった。

だって、もし俺が席に座っていたら、おばあさんに自分の席を譲るべきか、すげえ考えてしまった筈だから。

もしかしたらあの人は、席を譲られたくない――お年寄り扱いされたくない人かもしれない。でも、譲らなかったら譲らなかったできっと、『おばあさんに席を譲らなかった』という自責の念が、小さく、けれど確かに、俺の胸の内に積みあがってしまうだろう。

俺にとって『席を譲る』というそれは、善行なんかじゃないんだ。――困っているおばあさんを見て見ぬフリして助けない、という悪行を回避するための、偽善的な行為でしかない。もしかしたら俺は、『善行をしないという悪行』をしたくないが故に、おばあさんに席を譲るかもしれない。でもそれってなんだか、酷く歪な善行だよな……。

そんな、自分でもよくわからない、俺って根っからの善人じゃ絶対ないよなあ、と凹んでしまうようなことを考えていたら、何の前触れもなく——すっ、と。

派手な見た目の白ギャルが座席から立ち上がり、そのおばあさんに声をかけた。

「ねーおばあちゃん。ここ座んなよ」

……それは、驚くほど自然な所作だった。

何というか、彼女の善意には押し付けがなかった。自分や誰かにアピールするのを目的としていない、自然な心遣い。ギャルはオタクに優しいという都市伝説があるけど、なんてことはない——ギャルはオタクに限らず、そばにいるみんなに優しいだけなのかもな。

そんなことを考えながら、ちょっとほっこりしていた俺だけど……一方、席を譲られたおばあさんの方は、どこか気難しそうな顔を妻川に向けたのち、こう口にした。

「いいえ、結構です」

「マ？　立ってんの辛そうだし、座れば？」

「いいえ！　私は足腰がしっかりしとるでね！　席を譲られんでも平気じゃ！」

「そっかー……でもあたし、二駅先で降りちゃうから、あんま座ってる必要ないんだよねー。だから、とりま立っとくから、あとはおばあちゃんの好きにして？」

妻川はそんな言葉と共に歩き出すと、開いていない扉の前に移動する。そうして、彼女が去った場所にはぽっかりと、空いた座席が一つだけ残された。

それから数分ほど、誰もその席に座れずにいたら、ふいに——未(ま)だ気難しそうな顔をしたおばあさんが、そこにどかっと腰を下ろす。一方、席を譲った妻川はそれを見届けることもなく、自身のスマホをいじりながらにこにこ笑っていた。

「…………」

そうして、アナウンスがあったあとで電車は走り出し、俺達の通う学校の最寄り駅へと向かう。——時間にして八分弱。電車が夕凪高校の最寄り駅に到着し、車両から俺と同じ制服を着た学生達が続々と吐き出された。

改札を抜け、屋根が途切れた場所で止まる。そこで紺色の傘を差し、再び歩き始めていたら……少し先に妻川の後ろ姿があったので、俺はつい小走りになって彼女に追いついたのち、軽いトーンで話しかけた。

「どうも」

「……おお！　うぃーす夜田(よだ)！　あんたから挨拶してくれるなんて珍しいじゃん！」

「ああ……ちょっとだけ、妻川さんと話したいことがあってな……」

「え、話したいこと？　なに？」

妻川さんにそう尋ねられ、彼女がおばあさんに席を譲った、先程の光景がフラッシュバックする。……けれど、何故かうまく言葉が出てこなかった俺は、本当に言いたかったこととは違う話を、彼女にした。

「……あのー、ラインの頻度落としてください。カンベンしてください」

「えー、そんなガチな顔で言わんでよ。あたしとのラインがしんどいみたいじゃん」

「しんどいです」

「素直かよ。あたしが傷つくからオブラートに包めって」

妻川はそう言いながら、わざとらしく頰を膨らます。……だって妻川さん、こういう風にちゃんと言わねえと自重してくんねえんだもん！　俺が内心でそう騒いでいたら、隣を歩く彼女は快活な笑顔と共に、話を続けた。

「つかさ、ラインめっちゃ楽しくない⁉　あたしらはツイッターを介して、ねずまよとみなちょでよくやり取りしてたし、それと変わらんだろーって思ってたんだけど……やっぱあたし、みなちょの時はちょっと猫被ってたのかもなー。澪奈として夜田と話すの、マジ楽しいんだけど！」

「そ、そうですか……」

「てか、夜田もめっちゃねずまよだし！　なんなら、夜田の方がねずまよよりもねずまよみが深いことを言う時もあって、夜田やるじゃんってなるしな！　夜田って案外、ねずまよよりねずまよなん？」

「あの、さっきから脳が溶けそうな発言をしないでもらえます？」

　妻川が俺とねずまよを別人格として扱うせいで、会話がすげえややこしくなっていた。なんだよ、『ねずまよみ』って謎ワード……そんな風に、『俺らしさ』について俺もよくわからなくなっていたら、彼女はなおも楽しげに続けた。

「そういう訳だから、これからもーっといっぱいラインしようね！　ハム太郎！」

「誰がハム太郎だよ。——というか、ラインの頻度落としてくれってお願いをしてた筈なのに、どうしてそんな結論に辿り着いてんのこれ⁉　頼むから深夜二時にラインしないでください！」

「夜田も全然、深夜五時とかにラインしてくれていいんだかんね？」

「深夜の五時って、それはもう早朝だろ……あと普通の感覚の人は、朝五時にラインしたら迷惑だよな……って考えてラインしないもんなんだよ。わかりますギャルさん？」

「や、それは当然わかるし、あたしもふつーの友達にはそんな迷惑かけんけど——夜田にはもう、いつどんな時間にラインしてもよくない？」

「なんでやねん！」

埼玉生まれ埼玉育ちの俺が放つ、渾身の「なんでやねん」だった。……ほんまびっくりやで！　生まれてこのかた、埼玉以外の県で生活したことがない俺に「なんでやねん」を出させるとか、ほんまたいしたもんやで自分！

そんな風に驚く俺を尻目に、どこか上機嫌な様子の妻川は、ピンクを基調とした派手なグラデーションの傘を手でくるくる回しながら、そのまま話を続けた。

「当たり前だけど、友達に迷惑ってかけちゃダメじゃん？　でも、親友とか家族とか……それ以上の人になら甘えていいって、あたしはそう思ってんだよね。だって、身内なんだから。身内にはもう、友達として必要な気遣いとかいらんくない？　つまり——夜田ってもうあたしの身内なんだし、いつラインしてもいいよね？」

「な——……え、えっと、妻川さん？　俺は一応、妻川さんとは未だ、友達にもなっていない認識でいるんだけど……」

「あーはいはい。まだその強がりやってんだ？　りょ」

「めちゃくちゃ適当にあしらわれてるだと⁉」

「ふふっ。……まあ、夜田が身内っていうのは、ちょっと言い過ぎかもだけど。でも、あたしにとって夜田って、もう甘えていい相手になってんのはホントなんだよね。あんたも気づいてると思うけど――マジでどーでもいい男に、こんなラインめっちゃ送ったりしないじゃん？」

「…………」

「だから、ね？　これからもライン、好きなだけしていいでしょ？」

そう言って媚びるような笑みを浮かべ、俺を見つめる妻川さん。次いで、彼女はいきなり――俺が傘を持っている方の手を、上からぎゅっと握ってきた⁉

柑橘系の甘い香りが鼻をくすぐる。彼女の手は酷く温かくて、冷たい俺の手に体温が移ってくるのがわかった。その柔らかさに、温もりに、眩暈がするほどドキドキする――。

そうして俺は、魅力的なギャルに手を握られながら、こう答えるのだった。

「嫌です。ラインの頻度落としてください」

「このオタク、チョロくなくてだりぃー」

「あっ、いますごい本音言った！　ついに性悪な本性を現したなこのギャルめ！」

「や、そりゃあこれくらい言うでしょ……だっていまの普通、あたしの提案を受け入れるとこじゃん。どんだけ三次元に抵抗してんのよこいつ。オタク拗らせすぎじゃない？」

「えへへ……」

「褒めてねーから照れんなっつの」

「ちなみに、影響を受けたキャラは『俺ガイル』の『比企谷八幡（ひきがやはちまん）』です！　ラノベの主人公に、おれはなる！」

「はいはい、わかったわかった……じゃあこれから夜田のことは『材木座』って呼んであげるから」

「あれ⁉　材木座の方⁉　それじゃ俺、ラノベの主人公にはなれなくねえ⁉」

俺が必死になってツッコむと、妻川は小さく笑いながら、俺の手を握っていた片手をぱっと放した。……あっぶねー。よくやった俺の理性！　それでこそ拗らせオタクだ！

というか、自身の要求をすると同時に手を握ってくるとか、ギャルってお願いを通す能力に長（た）けすぎだろ……魔性だわこいつ……。

そんなことを思いつつ、俺が額の汗を拭っていたら、彼女がふいに「つか、いつまでも止まってないで、早く学校行こ」と言ってきた。それに関しては完全に同意だったので、俺は妻川と二人、雨降りしきる歩道を、傘を差したまま歩き始める。

すると、隣を歩く妻川がふいに、わざとらしい声音でこう漏らした。

「つか、あたしマジで夜田とラインすんの好きなのに……そっかー、これからはちょっと自重しなきゃかー……あーあ、ホントは嫌なんだけどなー……でも、ホントは嫌だーって夜田に言うのはやめとこー……あたし大人だしー……」

「あの、大人な妻川さん？　言うのをやめた筈の本音がだいぶ漏れちゃってますけど？」

「ラインの返信に関しても、本当は一分以内に返信してくれなかったらめっちゃショックなんだけど、それを言ったらめんどい女だと思われちゃうから言わないね！」

「もう既に言っちゃってるんだよなあ……」

呆れたような俺のツッコミに、少し嬉しそうな顔をする妻川。どうやら『ラインの頻度を落としてほしい』という俺のお願いは、なんとか聞き届けられたようだった。ストレスで俺がハゲる前に、この問題が片付いてよかったぜ……。

俺がそんなことを考えていたら、俺達の学校が見えてきた。

……学校に入ったら、妻川には妻川のグループがあるので、こうして二人きりで話せるチャンスを作るのは難しいだろうな、と思った俺は、先程から気になっていたことを、つい言葉にしてしまった。

「そういえば……さっき電車で、妻川さんを見かけたんだけど……」

「え？　そーなん？　じゃあ何で話しかけてくんなかったの？　……そういうとこマジで冷たいよね、ねずまよって。クール気取ってんじゃねーよ」

「ちょ、肩パンやめて？　というか、そこはいまどうでもよくて……妻川さんが、おばあさんに席を譲ったことについて、なんだけど……」

「？？？　うん、それがどーしたん？」

「……どうして、あんなことをしたんだ？」

　自分で質問しておきながら、なぜ俺はこんなことを妻川さんに聞いているんだろうと、そう思ってしまった。

　別に、席を譲った妻川さんを見て、「妻川さんって良い子だなー」と思い、彼女の人柄の良さを感じて終わるだけでも、よかったのに。――それで終わらせていいのか、って。なんでそんな風に考えたんだろうな、俺は……。

　そんな風に俺が自問自答している一方で、妻川さんはなおも「？？？」と、何でこんなことを尋ねられているのかわからない、という表情を浮かべる。それでも、俺の真剣な顔を見た彼女は、少しだけ考えるような仕草をしたのち、こう口にした。

「どうしてって……別に理由なんかないけど？」

「……そ、そうだよな！　変なこと聞いてすまん」

「まあ、強いて言うなら……そうしたいからそうした、っていうか……」

「――――」

「つか、足腰の悪いおばあちゃんが立ってんのに、自分が座ってんのが嫌だったから、そうしただけだけど？　……ごめん、夜田がなんて言ってほしいのかわかんないから、曖昧なこと言ってるかも。そもそも、そんなの考えたこともなかったし……」

「そ、そっか……いや、いまのは俺の質問の仕方が悪かったから。──ありがとう」

「ふふっ、なんで感謝してんの？　ウケる」

たぶん、俺が彼女に感謝したのは、妻川が答えの一つをくれたからだった。

……俺はここ最近、オタクに優しいギャルに付きまとわれて、ギャルについて考える時間が増えた。ギャルって一体なんなんだろう……派手な装飾、軽薄な言動、陽キャな思考をしていればギャルなのか。結局、ギャルっていうのはただのジャンル分けの一つで、明確な定義なんて存在しないんだろうな……というのが、俺のこれまでの見解だったけど。

いまの妻川の発言、そして電車内での行動で、一つだけわかった──。

ギャルっていうのはきっと、自身の感情を行動に移すのが上手い女の子のことだ。

ごちゃごちゃ余計なことを考える前に、そうしたいから、という理由一つで、おばあさんに席を譲ることができる……それがギャルという存在、妻川の在り方の一つだった。

好きになれそうだから告白する。友達になりたいから近づいてくる。そんな感情を偽らない。押し殺さない。——自分の気持ちに正直になって、身軽な体で行動ができる。彼女達は頭が軽いんじゃない。軽いのは足、フットワークの方だ。

そう考えると、もしかしたら陽キャ、陰キャという分類も、妻川には失礼なのかもしれないな……だって彼女は、周りに流されず、やりたいようにやっているだけだから。

友達とはしゃぐのが好きで、ライトノベルが好きなだけ。いま手の届く場所にある、自分の好きなことを好きなようにやっている彼女を、どちらか片方に分類して理解しようとするのがそもそも間違いだったんだ。

お年寄りに席を譲る、聖人君子の善人じゃない。深夜にラインをしてくる、はた迷惑な悪人でもない——。

彼女はただ、自分に正直なだけの、女の子だ。

……そうか。じゃあ、おばあさんに席を譲ったのも、その根っこにあるのは『正義感』じゃないのか。別に彼女は正しくあろうとしたんじゃなくて、そうしたいからそうした。それって何というか、正しいことをするときに、一番正しい理由な気がするな。

「…………」

少しだけ、頭の中にかかっていた霧が晴れた気がした。

ギャルってよくわかんねえから苦手だ、三次元は裏切るから期待しない、とひねくれていた俺だけど、僅かばかり彼女を理解できたおかげで——自分の気持ちに我慢や躊躇（ちゅうちょ）をしないギャルの顔、妻川澪奈（みおな）の表情だけは、真正面から見つめられた。

——よく見たら妻川さんは、とても可愛（かわい）らしい顔をしていた。

「どした？　あたしの顔になんかついてる？」

「い、いや……なんでもない……」

「何でもないならなんで、そんな顔真っ赤にしてんの？」

「ちょ、本当になんでもないんでいま俺の顔を触んないでください！　理由なきボディタッチやめて！」

「ふふっ。ギャルに触んなとか、言うだけ無駄なんだけどー？　この童貞くんは、そこら辺まだわかってないんだー？　うりうりー」

「マジなんなんだよこのギャル！」

妻川さんに頬をグリグリ摘（つま）まれながら、俺はそう怒鳴る。……もちろん、こんな小さな気づき一つで、俺の価値観が根底から変わって、三次元の女を好きになるなんて天変地異は起こらないけれど——でも。

彼女に付きまとわれる毎日に対して、やれやれと。

ラノベの主人公のようにスカした態度を取り続けるのはもう無理かもしれないと、それだけは思ってしまうのだった――。

ちなみに、これはちょっとしたオチだけど、この日の夜。

俺が家に帰ったら、妻川からラインで――『約束通り、これからはあんまラインしないようにするね！』というメッセージが送られてきた。

……あんまラインしないようにするって宣言をラインするのって、なんかおかしくねえ？　もうその宣言が約束を破っちゃってるじゃん、と俺がツッコんでいたら、そのうち彼女から『返信まだー？』という追加のメッセが届いたので、「……果たして約束とは？」と俺は独りごちるのでした。まる。

第七話　ギャルとミニモン

「ねー。夜田ってミニモンやってる?」

妻川と一緒に登校をした、数日後。五時間目の休み時間。

以前と同じように、男友達がトイレに行っている間、一人でラノベを読んでいたら……

いきなり、妻川さんにそう話しかけられた。

ちなみにミニモンとは、正式名称を『ミニットモンスター』という、可愛らしいモンスターをプレイヤーが捕獲、使役して戦うゲームである。ラノベほどではないけど、一応はゲームも好きなので、俺は若干訝(いぶか)しみながらも、彼女にこう答えた。

「先月出たやつは、殿堂入りまでやったけど……」

「マ? じゃあさじゃあさ、『砦(とりで)のゲンイチロウ』も倒したの?」

「ああ。……ネットで騒がれてた通り、あいつだけ難易度がおかしかったけどな! 八回くらいリトライしてようやく、あいつの胸からバッジもぎ取ってやったよ……正直、勝った時には半泣きになってた。『あぁぁぁ勝てたあぁぁぁぁあ!』って半べそかいてた」

「あいつマジで強いよね⁉ つか、そんなあんたにお願いがあるんだけど――どうしてもゲンちゃんが倒せないから、今日の夜、あたしと一緒にミニモンやって？」

「え、嫌です」

「何であんたはこういう時ノータイムで断んのマジで。ちょっとは考えろって。つか、考えるフリぐらいはしろ？　あたしだって傷つかない訳じゃないかんね？」

妻川さんはイラついたような顔で言いつつ、俺の肩をグーでグリグリしてくる。……彼女には申し訳ないけど、ギャルにちょっと優しくされたからって、嬉々として妻川の誘いを受けるような俺を、俺は認められないのでな！

内心でそう思ったのち、わざとらしく話題を変えるように、俺は彼女に尋ねた。

「というか妻川さんって、ラノベが好きなだけじゃなく、ゲームもやるんだな？」

「や、ゲームはあんましないかなー。でも、ミニモンが超好きだから、それだけはやってる感じ。……SAOとか読んでると、仮想空間にはいつか行ってみたいなーって思うけどね。メタバースだっけ？　あれもSAOみたいなデスゲームだったら楽しそう！」

「やばいだろ、メタバースでデスゲームが始まったら……！　メタバースをやってる人達なんて、しんどい現実世界から癒やしを求めて仮想空間に来てるんだぞ!?　そんなみんなを電脳世界に閉じ込めてデスゲームを開始するなよ！　鬼かよ！」

「『ようこそ、メタバースのプレイヤー諸君。君達には今から、ゲームクリアを目的としたデスゲームに参加してもらう』」

「嘘だろ、マジで始まったぞ⁉　俺さっきまで、動物アバターのみんなとわいわい卓球してただけなのだが⁉」

「『もし君達がCPUとの卓球勝負で負けてしまった場合、君達のVRヘッドセットに備わっている電磁波パルスから電流が流され、敗者の脳を焼き切る手筈になっている』」

「俺のVRヘッドセットにそんなのついてたの⁉　そんな商品として危ないもんを販売してんじゃねえよアマ〇ンさん！」

「ふふっ、どうする？　あたしと一緒に、メタバースのクリアを目指さない？」

「マジで勘弁してください。俺はキリトくんにはなれない……！」

俺がそう言うと、妻川さんは楽しげに笑いながら——「つか、メタバースとかはどうでもよくて」と口にしたのち、話をもとの場所……今夜一緒にミニモンをやるやらないの話題に戻すように、こう続けた。

「夜田って、ミニモンの最新作はどっち買ったん？　オパール？　アメジスト？」

「ちょっと迷ったけど、オパールを買ったな……」

「そっか。——ちな、あたしはアメジスト。もし夜田がミニモン図鑑を完成させてなかったら、力になれると思うけど？」

「…………」

「そんで、どうする？　今日の夜、オンラインで一緒にゲームする？」

「…………します」

「ふふっ。最初からそう言えっつの、この拗らせオタクがよ」

「妻川さんこそ、拗らせオタクを説得するのが上手すぎでは……？」

一応、俺はいまでも——妻川さんに深入りしないよう心がけて、彼女と接しているのに……どうしてこんなにも、妻川とのイベントは回避不可能なんだよ。

もしかして彼女、オタク取り扱い検定一級に合格してる？　だとしたら、いつ爆発するかわからない危険物（拗らせオタク）の対処に余裕があるのも納得だなあ……。

そんなこんなで時間は経過し、その日の夜。午後六時過ぎ。

『ごめん夜田』『仕事が押してて、ゲームできんのもっと夜になりそ』『お詫びに、あたしが昔やった痛ネイルの画像あげるね！』

妻川さんからそんなメッセージが来ると共に、ラインでとある写真が送られてきた。

それを表示してみると、そこには——様々なラノベのキャラが手指の先端に緻密に描かれたネイルをこちらに見せながら、めっちゃ笑顔の妻川さんが写っていた。

ちなみに、そこに描かれているキャラを少し紹介すると……涼宮ハルヒや柏崎星奈、阿良々木月火、七海千秋、櫛枝実乃梨、東頭いさな、早坂あかねなどで——そのネイルを見ただけで、彼女の推しキャラがよくわかるラインナップだった。

『え、なにこれ……めちゃくちゃすごくないか？　ネイルってこんなのもできんの？』

『ね！』『これマジでヤバいよね！』『アキバにこういうのをやってくれる店があって、そこでやってもらったの』『痛ネイル、めっちゃ楽しかった！』

『そうか。痛車と同じように、萌えキャラを爪に描くことを「痛ネイル」って言うんだな……まさにギャルでオタクな妻川さんのための文化だろこれ』

『な！』『やっぱ世界って、あたしを中心に回ってんじゃね？』

『俺から言い出しておいて何だけど、調子には乗りすぎるなよ』

『ｗｗｗ』『つか今度、夜田も一緒にやんない？』『二人で痛ネイルしようよ！』

『えええ……俺、足の小指をぶつけただけでも泣くから、痛いのはちょっと……』

『痛ネイルって言っても物理的な痛みはねーから！』『ネイルしたくないからって、しょうもない小ボケで誤魔化そうとすんなし』

『そっちこそ、俺が小ボケで誤魔化そうとしたことを看破しないでくんない？』

『それじゃあ今度、こっちでお店予約しとくんでよろ』『逃げたら痛パンチするからね！』

『果たして痛パンチとはいったい』

『説明しよう！』『痛パンチとは』『痛ネイルをした手で優しく肩を殴る、痛くないパンチのことである！』

『名前の割に痛くないのかよ。……やっぱ根は優しいんだよな、このギャル』

『ちょ』『あたしのこと褒めても、別に何も出ないんだからねっ』『、、でも今度、お金とかあげよっか？』

『逆にちょろすぎて心配になるからやめなさい！』

そんなラインを妻川さんと交わしてから、また数時間後。

そろそろ夜の九時を過ぎようかという時間に、彼女からライン電話がかかってきたので、自室にいた俺はそれを取る。すると、普段より元気のない声が、いま俺の付けているワイヤレスイヤホンから聞こえてきた。

『やっほー。ラインでも言ったけど、遅れちゃってごめんねー。……つか、モデルの仕事疲れたよー夜田ー。あたしをよしよししろー』

「……し、仕事帰りのＯＬかよ。だいたい、電話越しによしよしなんて、どうすればできるんだ？」

『よしよし、って彼ピみたいにスマホに囁けばいいんだよ。ほら、さっさと言え』

「ないない……オタクの俺がギャルな妻川さんによしよしとか……あり得ないから」

『仕事で疲れたあたしによしよしもしてくんねーとか、お前それでも澪奈の彼ピかよ！もっと彼ピの自覚持てよ！』

「そもそも俺は『彼ピ』なる存在になった覚えはないんですけど⁉ 確認だけど、妻川さん――俺はあなたの彼ピではないし、妻川さんも俺の嫁ピではないっピ！」

『急なタコピーなんなん。……つか、そっか。夜田ってまだあたしの彼ピじゃないんだっけ……仕事が疲れすぎて、なんか勘違いしてたわ。ごめん』

「仕事で疲れてたとしても、そんな勘違いある……？」

『そうじゃなくて夜田は、あたしの彼ピッピだもんな？』

「え、彼ピッピてなに……彼ピの進化系？ じゃあ彼ピ〇シーもいるの……？」

『や、ピッピってそのピッピじゃねーからｗｗｗ』

　妻川さんはそうツッコみながら、ちょっと楽しげに笑う。そのあとで、ほんのり元気を取り戻したような声が、ワイヤレスイヤホン越しに聞こえてきた。

『とりま、彼ピじゃないにしろ、よしよしはしろって。じゃないとあたし、夜田とミニモンやってあげないかんね？』

「何で俺の方がミニモンをやりたがってるみたいになってんだ……というか、本当にそれを言わないと進まない感じですか？」

『夜田が思うイケメンっぽいセリフも添えろ？　――だってあたし今日、誰かからご褒美を貰わないといけないくらい頑張ったもん！　だから、夜田くらいあたしを慰めてくれたっていいじゃん！　あのクソカメラマン、いつか金玉蹴り潰してやる！』

「愚痴が止まんねえなおい」

ともかく、どうやら今日の妻川さんはモデルの仕事で疲れたせいで、甘えん坊モードになっているらしい……それを理解した俺は一つため息をつくと、もちろん、ギャグの一環として――でも、できる限りのイケボは作りつつ、口にするのだった。

「お帰り、俺のお姫様。今日もお仕事、よく頑張ったな。――よしよし」

『…………えー、良いじゃん』

「いや良いんかい!?　――あの、妻川さん!?　俺いま、あなたに『ぷふっ。夜田キモすぎだろー！』みたいなリアクションをされる想定で、恥ずかしい台詞を口にしたんですけど!?　そんなリアクションをされると俺がガチで言ったみたいで逆に恥ずいよ!?」

『じゃあもう一個、別パターンもよろ！』

「こんなクソみたいな台詞に別パターンなんか用意してる訳ねーだろ！」

俺が感情のままにツッコむと同時、堪えきれなくなったみたいにけらけら笑い出す妻川さん。そうして、彼女はひとしきり笑い終えると、先程より明るい声音で続けた。

『やー、マジでちょっと元気出たわ。やっぱ、持つべきものは好きぴだよねー。――ありがと、夜田！』

「お、おう……す、好きぴ……」

『ふふっ。なんか勘違いしてるとこ悪いけど、恋愛感情としての「好きぴ」ではないかんね？　まあ、夜田の頑張り次第では、全然そっちにも入れると思うから、これからも努力を怠らないで欲しいけど。むしろ、サボったら怒るけどな！』

「な、何でそれで俺が怒られる羽目になるのか、割と謎なんだけど……」

『つか、無駄話してないでさっさとミニモンやろーよ。いつまで関係ない話してんの？』

「お言葉ですが妻川さん、無駄話の原因は主にそちらにあると思いますけど？」

ワイヤレスイヤホン越しにそう怒ると、それを受けて彼女は「あははっ」と楽しそうに笑った。もしかしなくても俺、舐められてます？

思いつつ、俺は携帯ゲーム機でミニモンのソフトを起動する。それから――「どっちの世界に行く？」「とりあえず、妻川さんがホストになってもらえるか？」「りょ！」という会話を交わしたのち、俺達はゲームをオンラインに接続した。

そうして、いくつかの手順を踏んだあと、俺のアバターである男の子が、妻川のミニモン世界に到着する——ミニモンセンターの脇に出現した俺のアバターが隣を見やると、そこには……派手なメイクに金髪ツインテという出で立ち(いでたち)の、背中に『アイアムビッチ』と書かれた、胸元が開いたエロい制服を着た女の子が、手を振りながら立っていた。

『やっほー夜田！　これ、ちょっと意外かもしんないけど、あたしのアバター！　可愛いっしょ！』

「意外性ゼロだわ。ちょうど妻川さんのイメージにぴったりのアバターだわ」

『ふふっ……つか、夜田はふつーに男の子なんだ？　こういう時、オタクって女の子を選びがちじゃない？』

「ああ、まだその偏見ってあるんだな……違うぞ、妻川さん。プレイヤーキャラに女の子を選ぶオタクは意外と、社交性のある、陽のオタクが多いんだ。逆に、本当は可愛い(かわい)女の子で冒険したいのに、照れくさくてそれを使えない、だから男を選ぶのが、俺みたいな真のオタクなんだよ。つまり、女を選んでいるオタクは、オタクとしてはまだまだ偽物(にせもの)、ただの贋作者(フェイカー)でしかないんだ」

『ふーん。——あっ、夜田こっち来て！　一緒にこいつ捕まえよ！』

「話に興味を持てないのは仕方がないとして、もうちょっと反応くらいしてあげたら？

あまりにも僕が可哀想ですよ？」

　そんな会話をしつつ、俺達はしばらく、妻川が冒険している世界を二人で歩き回った。

すると、突然――『こうして二人で歩いてるだけで楽しいね』と妻川が言ってきたので、
俺は頬を赤らめながらそれを無視しました。最低かよ。

　そうして、二人でミニモン世界の街を歩いていたら、妻川はふいに、こう口にした。

『つか夜田のキャラ、服がデフォルトのままずぎん？　あたしが買ってあげよっか？』

「お前は俺のお母さんかよ」

『高校生にもなってまだお母さんに服買ってもらってんのかよ。……ふふっ。てかさ、こうしてゲームの世界で自分のキャラを操作して一緒にお散歩してると、ほんとに二人で街を歩いてるみたいじゃない？　こんなんもうデートじゃん。もしかしてあたし、今日は夜田をデートに誘いたかったのかも』

「………」

『困ると黙るクセやめろ、この童貞』

「どどどど童貞ちゃうわ！　い、いきなりなんやねん……びっくりやでほんま……」

『あははっ。童貞だっていうのを隠す気がないところがマジで童貞なんだけど。童貞かわいい発言すんなし』

「童貞かわいいってなに……？　童貞って可愛くはなくないです？」

そんな益体もない話をしているうちに、俺と妻川のアバターは街を抜け、開けたフィールドに出た。それを受け、俺は改めて彼女に、今日の目的について話をする。

「というか、いい加減『砦のゲンイチロウ』を倒しに行こうぜ……いまの俺のミニモンならだいぶレベルが上がってるから、高難易度を誇るゲンちゃんも、楽に倒せると思うぞ」

『ちょっと夜田。何か勘違いしてない？　あたし別に、夜田にゲンちゃんを倒してもらいたい訳じゃないから。そうじゃなくて――どうすればあたしの持ってるミニモンで勝てるのか、夜田にアドバイスして貰いたかったんだよ』

「ああ、そっか……自分の持ちモンでどうにかしたいんだな？」

『そう！　だからとりま、あたしとミニモンバトルしよ！』

「了解。じゃあちょっとだけ、手持ち整理するわ……」

そうして、妻川さんの力量を確認するため、俺と彼女のミニモンバトルが始まった。

俺はまず最初に、巨大なドラゴン系ミニモンを繰り出す。一方の妻川は、ミニモン界隈で一番有名な『でんきねずみミニモン』を繰り出すと、彼女のアバターがこう喋った。

【ゆけっ！　ピカぽよ！】

「ギャルみたいな名前つけられてんなこいつ」

そうツッコみながら、俺がそいつを一瞬でひんしにさせると、次に妻川のアバターはこんな台詞と共に、『ゆきおんなミニモン』を繰り出した。

【ゆけっ！　かなちゃむ！】

「ギャルってどうして芸名に『〜ちゃむ』とか『〜ぽよ』みたいな名前をつけがちなんです？　というか、『かなちゃむ』って誰？」

『あたしの親友！』

「ミニモンに親友の名前をつけるなよ」

俺はそうツッコみつつ、一瞬でかなちゃむをひんしにさせる。そしたら妻川が『あたしの親友に酷い！』と怒ったけど、これは親友を矢面に立たせたお前が悪い。

ともかく。次に妻川のアバターはこんな台詞と共に、『ぶたミニモン』を繰り出した。

【ゆけっ！　東京X！】

「ぶたミニモンにブランド豚の名前をつけてやるなよ！　食用なのかそいつ⁉」

そうツッコみながら、俺がそいつを一瞬でひんしにさせると、次に妻川のアバターはこんな台詞と共に、『火属性のいぬミニモン』を繰り出した。

【ゆけっ！　ホットドッグ！】

「ちょっと上手いのやめろ。ふふっ、てなっただろ」

そうツッコみながら、俺がそいつを一瞬でひんしにさせると、最後に妻川のアバターはこんな台詞と共に、『おさかなミニモン』を繰り出した。

【ゆけっ！　がっ○ん寿司！】

「もう食うこと前提だな。妻川さんのキャラの台詞も、お店を宣伝するCMのワンフレーズみたいになっちゃってるし……」

そうツッコみながら、俺がそいつを一瞬でひんしにさせると、俺のアバターが嬉しそうにガッツポーズをする。どうやら妻川さんとの戦闘に勝ったらしかった。

そうして、勝利画面を見ながら俺が一息ついていたら、突然……ワイヤレスイヤホンの向こうから、怒号のような泣き声が聞こえてきた。

『いやつかあたしのミニモンボコりすぎじゃない⁉　はあああああ⁉　超絶キモいんだけど！　こいつミニモン育てすぎでしょ！　夜田だるっ！　なんであたしに一回も攻撃させてくんないわけ⁉　酷いよマジ！　うわあああああああんっ！』

「……女子高生の『うわああああああんっ！』は、子供が口にするそれとは違って、そこはかとないガチ感があるから、聞いててつらいな……」

『ちょっとくらい手ぇー抜いてくれてもよくない⁉　途中からあたし、いままで一緒に旅してきた大好きなミニモン達が、夜田にボコボコにされてるのを見て、泣きそうになってたんだけど⁉　ふざけんなてめー！！』

「すまん、妻川さん……俺もあまりにも一方的だったから、わざと攻撃を受けることも考えたんだけど——どうせカスダメしか入らなくてより妻川さんがショックを受けるだけだと思ったから、ならなるべく早くこれを終わらせてしまおうと思ってな……」

『うわあああああああああああんっ！』

夜田涼助（りょうすけ）、齢（よわい）十五の春。俺が女の子を泣かせるという経験をしたのは、これが初めてだった。こうならないためには一体、どうすりゃよかったんだ……。

とりあえず、女の子を慰めるなんていう高度テクニックを持ち合わせていない俺は、俺にできることとして、極めて事務的な助言を彼女に伝えた。

「それで、アドバイスなんだけど……ゲンちゃんの持ちモンはダーク系ミニモンに弱いのに、それが一匹も入ってないのが辛（つら）いのと、あと全体的にレベルが足りてないな。いま戦った感じ、あと七か八ぐらいはみんなレベル上げしないと、かなりキツいぞ」

『ううっ……わかった……』

「泣いてる時でもちゃんとアドバイス聞けるの偉いな……というか、もうちょっとだけ踏み込んだことも言っていいか？」

『……いいよ。なに……？』

「それじゃあ、言葉を選んで言わせてもらうと――ゆきおんなミニモンの『かなちゃむ』は、今作のミニモンにおいては種族値がゴミなので、パーティから外した方が良いな」

『あたしの親友になんてこと言うんだてめえええええええ！』

電話越しじゃなかったら顔面をグーで殴られていそうな勢いで怒鳴られた。まあ、これに関しては、どちらが正しいとも言えないのがミニモンだ……ゲンちゃんを倒すことを目的とした場合、まず外すべきは雑魚のかなちゃむなんだけど、愛があると難しいよな。

思いつつ、俺は行き過ぎた発言について彼女に謝罪しながら、言葉を続けた。

「すまん、妻川さん……妻川さん的にはかなちゃむ、使い続けたいんだよな？」

『そうだよ……モデルを始めて最初にできた友達だもん……かなちゃむと一緒じゃなきゃ、伝説のミニモントレーナーになる意味ないし……』

「じゃあもう、やっぱ地道にレベル上げをするしかないな。もちろん、俺がゲンちゃんをボコって、とりあえずストーリーを進められる状態にすることもできるけど――」

『だからそれはやだって、さっきも言ったじゃん』

「だよな。じゃあ、レベル上げ頑張れ」

『うん……アドバイスありがと、夜田……』

「……残念ながら、大したことは言えてないけどな」

そのあとも俺は、俺にできる限りのアドバイスを、妻川さんにした——優先的に覚えるべきわざや、レベリングがしやすい狩場などを彼女に伝えると、妻川は『え、もう勝ったも同然じゃん』と自信満々になったけど、天狗になるのが早すぎだろ。

というか、俺が言ってることなんて当然、攻略サイトを見ればそれ以上の情報が掲載されてるんだけど……こういう時にネットを頼るのではなく、周りの誰かに助けを求めるというのが、なんだか彼女らしかった。

「そういや、バトルの時に聞き忘れてたんだけど……何でミニモンを五匹しか持ち歩いてないんだ？　ミニモンは最大六匹持てる仕様だから、一枠余ってるぞ？」

『あー……それに関しては、なんとなく？　あと一匹、この子だ！　ってのが見つかんなくてさ、お気にを探してるとこなんだよね』

「そうなのか……まあ一時的でもいいから、あと一匹持っておいた方がいいだろうな。何か良いミニモンがいないか探したいから、ミニモンボックス見せてもらってもいいか？」

『ん、いいよー』

妻川はそう言うと、金髪ギャルのアバターを操作して、右手を仰向けに差し出す……そこからミニモンボールを模した箱のようなホログラムが浮かび上がってきたので、俺はそれをチェックし、彼女のボックスに収納されているミニモンを確認した——。

フォルダ1、2、3と……これまで妻川さんが捕獲してきたミニモンをざっと眺めていたら、既存のフォルダに混じって一つだけ、『旅パ！』という名前がついたフォルダを発見し、そこにミニモンが一匹だけ収納されているのが目についた。

「あれ？　旅パってことは、やっぱもう一匹、レギュラーがいたのか……？」

『あっ——』

　俺は疑問に思いつつ、そのミニモンを確認してみる。——それは正義系のりゅうきしミニモンで、ネット上でも人気の高い、カッコいいデザインのモンスターだった。

　個体値はまずまず。覚えてる技も強い。加えて、プレイヤーとの親密度もマックスにしてあるので、こいつを出せば俺とのバトルだってそれなりに戦えただろうに、妻川さんはなんで今回、こいつを出してこなかったん——。

「んっ？　……えっ⁉」

　俺はそんな声を出してしまいつつ、とある箇所に注目する。

　それは、プレイヤーがミニモンにつけた、ニックネームの部分で……親密度がマックスの、カッコよくて強いそのミニモンには何故か——『夜田』なんていう、弱っちそうな名前が与えられていた。

　その事実に気づくと同時、携帯ゲーム機が唐突にエラーを吐いた。「なっ——」

【通信がせつだんされました】

この画面が表示されたことに驚き、俺が呆然としていたら……妻川のどこか焦ったような声が、ワイヤレスイヤホン越しに聞こえてきた。

『……あははー、バレた？　実はあたし、「夜田」と一緒にミニモン進めてたんだよねー。もちろん、別に深い意味とかなくて、何となく付けただけなんだけど——さっき、夜田とミニモンやるってなった時に、パーティに「夜田」がいるのを思い出して……え？　これを夜田本人に見られんのはなんかキモくね？　って思ったから、ボックスにしまってたんだけど……何であたし、ふつーにボックスの中を見せちゃったんだろ。あははっ』

「あ、ああ……そういうことか……」

『うん、そう。だからあんま、見られて気まずいもんでもないんだよねー。つか、親友の名前を使ったのと同じノリだし？　実は澪奈、現実だけじゃなくてミニモンの世界でも、夜田可愛がってんだよねーってだけで』

「な、なるほどな……」

『うん、そんだけ。あははー』

「あ、あはは……」

「『…………………』」

『気まずくなってんじゃねーよ』

「それはあんまりな物言いでは？」

しばしの沈黙があった直後、急に理不尽な言葉を投げかけられたので、俺は反射的にそうツッコんだ。すると妻川さんは「んんっ」と喉を鳴らしたのち、言葉を続ける。

『うーん、なんて言えばいいんかな……別に、マジで恥ずかしくないんだよ？　だってあたし、夜田のこと好きだし。だから、ミニモンに夜田の名前を使ってんのがバレても、それはあたしらしい行動の一つだから、恥じる必要はないのに——あー、そっか。もしかしたら、夜田にバレないようにってちょっと隠しちゃったのが、いまになってすげー恥ずかしいのかもしんない！　きゃー！』

「いや、『きゃー』て……ギャルから初めて聞いたぞ、そんな可愛い悲鳴……」

『「実はあたし、夜田育ててんだよねー」にやにや——ミニモン始める前に、これ言っときゃよかったじゃん！　なんであたし、ちょっとバレたくなかったん⁉　ううう……ミスったわあー……こんな恥ずい思いすんなら、夜田とミニモンやんなきゃよかったよー』

「いま俺、さらっと酷いこと言われてんな」

『でも、一緒にやってる時はめっちゃ楽しかったから、まあいっか……』

「俺の感情をジェットコースターみたいに揺さぶらないでくんない？」

俺のそんなツッコミが届いているのかいないのか。妻川さんは一度、「はぁ〜」と深い息を吐くと、どこかすっきりとした明るい声で、こう言った。

『じゃ！　気まずくなったから、またね！』

「それを言えてる時点で、さして気まずくはなってないんだよなあ……はい、また明日」

『ん！　今日はありがと！　おやすみ！』

そんな言葉と共に、ぷつっ、と途切れる通話。……というか俺いま、普通に『また明日』って言っちゃったけど、調子乗りすぎでは？　お前なんか人気のギャルさんに、一時のオモチャにされてるだけなのに、相手にしてもらえてると思いすぎだろ……。

俺はそんな風に反省しつつ、接続が切れてオフラインになったミニモンの続きをプレイする。——妻川が所持していた、りゅうきしミニモンの『夜田』が、正義系ではなくダーク系のミニモンだったら、強敵ゲンちゃんにもあっさり勝てていただろうに……ミニモンの世界でも使えないとか、本当に俺みたいな奴（やつ）だった。もっと頑張れよ夜田。

第八話　ギャルと友達

妻川とゲームをした日からまた数日が経過した、放課後。午後五時過ぎ。

今日は久々に漫研の部活に出たので、いつもよりも遅い時間に、一人で駐輪場に向かっていたら……少し先の方で、校門に向かって歩く妻川さんの姿を見つけた。

特に用事もなかったので別に話しかけたりはせずに、彼女の背中を見ていたら——どこからか一人の男子生徒が現れ、彼女の隣にぴったりと寄り添う。それを受けて妻川は、少しだけ嬉しそうな顔をすると、彼と楽しげにお喋りを始めた。

よく見たら、彼女の隣にいる男子生徒というのは、俺も知っている人物で……名前を堀戸翔太という彼は、俺のクラスメイトかつ、妻川が所属するリア充グループのメンバーの一人であり、サッカーが上手くて女子人気も高いイケメンだった。

「つか××、マ××あたし、夜田×一緒×××のが楽し×××けど」

「澪奈、本当に彼のこと気に×××よな。今度×××紹介×××れよ」

会話の内容はよくわからない。けれど、妻川さんはクラスの男友達と二人で、随分と親しげにお喋りをしていた。

「…………」

それを見ながら俺はつい、ぼーっと立ち尽くしてしまう。……グループでいる時はあまり意識しなかったけど、ああやって妻川と堀戸が二人で並んで歩いている姿は、傍目にはどうしても、仲睦まじいカップルにしか見えなかった。

……きっと、妻川さんもそのうち、俺に――「ねー夜田ー。あたし彼ピできたー」とか報告してくるんだろうな……。

結局は彼女も、俺が推していた女性歌手、アイドルと変わりはしない。こちらに期待をさせるだけさせといて、最終的にはそうなるに違いない。それは別に、妻川さんが酷い女性という訳じゃない。女っていうのはそもそも、そういう生き物なだけだ。

「…………はあ……」

やっぱり、三次元ってクソだな。

俺は思ってしまいつつ、彼女達から視線を切ると、駐輪場へと歩き出した。……からかわれているだけってわかっていた筈なのに、どうしてこんな気分になるんだろうか。やっぱりオタクって惚れっぽすぎるのかもな。お前なんか相手にされてる訳ないのに。

「現実の女なんてクソだ……」

湧き上がってきた苛立ちを紛らわしたくて、俺は思わずそう呟いたけど、違う――クソなのは、そんな言葉で雑に片付けようとしている、俺自身だ。

妻川さんは別に、俺に対して酷いことなど、一つもしていない……男友達と一緒に下校をしているだけで、二人が付き合っているかどうかもわからないのに、俺は勝手に、妻川さんに裏切られた気がして、酷くつまらない気持ちになってしまった。

これは恐らく嫉妬とか、そういう気持ちよりももっと手前の、幼稚な感情だ。どういう言葉にするのが正確なのか……たぶん、独占欲じゃない。他の男と仲良くしやがって、という怒りの感情ではない。より近い心情としては、諦観、がそうなのかもしれない。

——俺はきっと、妻川さんとああいう関係にはなれない。

歩みの遅い彼女に歩幅を合わせてゆっくり歩く堀戸を見て、俺はそう思った……ああそうか。俺はいま、その事実を直視するのが辛かったから、いつもの「三次元はクソだ」という持論を持ち出し、はいはい妻川も裏で彼氏を作っているクソ女でしたー、で片付けようとしてしまったんだ。

……違うのに。妻川さんは、俺が裏切られてきた彼女達とは、たぶん違うのに。

でもそれは、俺が違うと思いたいだけなのだろうか……。

「もうよくわかんねえなコレ……」

頭の中で整理しようとしたけど、上手く整理ができない。

ともかく、いまの俺がわかるのは——知り合いのギャルが、男友達（もしくは彼氏）と二人で歩いている場面を見た程度のことで、こんなにも色々と考えてしまう俺は、人としてめちゃくちゃダサい、という事実だけだった。なんて悲しい生き物なんだ、拗らせオタク……せめて二次元とお母さんくらいは、俺に優しくしてくれると嬉しいです。

翌日。つつがなくホームルームが終了した、放課後。

俺が自分の席で帰り支度をしていたら、そのそばにふらっと彼女が現れて、俺に喋りかけてきた。

「おーい、磯野ー。一緒にマック行こうぜー」

「誰が磯野だよ。というか、一緒にマックって……何故？」

「な、何故って何故……？　ふつーに、今日はガチでシェイク飲みたいなーって思ったから、夜田を誘っただけだけど……」

「明確な理由がないなら、俺はてこでも動かないからな」

「……何で夜田を誘う時にはいつも、あたしの方で何か、あんたを納得させる理由を考えなきゃいけないわけ？　これめちゃくちゃダルいんですけど」

妻川さんはそうぼやいたのち、腕組みをしてうんうん考え始める。……何でダルいと思っているのに、それで俺を諦めてはくれないんだろうか。そんな疑問を抱いていたら、彼女は何か閃（ひらめ）いたような顔になり、拳を持ち上げながらこう言った。

「一緒にマック来てくんなかったら、顔面殴るよ？」

「すげえ雑な理由！　それはただの脅迫だろ！」

「だって、いちいち夜田を誘うのに理由なんかねーし。夜田って、おしっこしたい時に『これこれこういう理由があるからおしっこしないと！』って考える？　おしっこしたいからするだけでしょ？　それと同じだよ」

「……あの、妻川さん？　言ってることはわかるんだけど、あんまり女の子がおしっこおしっこ連呼しない方がいいのでは……？」

「や、夜田って女の子に幻想持ちすぎじゃない？　女子もおしっこって単語ぐらい普通に言うから。――おしっこおしっこおしっこおしっこおしっこ」

「十回ゲームをやる勢いで連呼するなよ!?　どういう女子ですかあなたは!?」

「あたしに『おしっこ』って言われるのをやめてほしかったら、一緒にマック来なね？」

「聞いたことない脅迫の仕方だ……」

俺はそうツッコんだものの、顔面を殴られるのも、下品な単語を連呼されるのも嫌だったので、妻川さんと一緒にマックへ行くことを、しぶしぶ承諾するのだった。

そうして、帰り支度を済ませた彼女と共に、二人で教室を出る——その際、妻川が自分の所属する一軍グループと「じゃ、また明日ねー」「うぃー」「またな」「またね澪奈ー」という別れの挨拶を交わしているのが、何故か印象に残ってしまった。

そうして階段を下り、俺と妻川さんは下駄箱に辿り着く。「昨日さー、かなちゃむが寝れねーからって、深夜に電話してきてさ——」という導入から始まる彼女の話を聞きながら外靴に履き替えると、俺達は一度、俺の自転車を取ってくるために駐輪場へと向かった。

「つか、夜田のチャリあるんなら二ケツする？」

「二ケツって、二人乗りをするってことか……？」

「そ。自転車二人乗りなんて、なんかラブコメじゃん？　恋とか芽生えるくない⁉」

「……二人乗りって普通に道路交通法違反だし、芽生えるのは恋ではなく、法を犯したという罪悪感では？」

そんな話をしつつ、駐輪場に到着。どうやら妻川さんは以前見かけた通り、電車通学のようなので、俺だけ自分の自転車を手で押しながら、そのまま校門へと向かった。

そうして、校門の前に辿り着くと改めて、妻川は俺に言ってきた。

「んじゃ、二ケツしよ！」

「えぇえ……俺、軽犯罪を犯したくないんだけど……」

「とりま、一回やってみればいいじゃん。どっかにサツがいたら、すぐやめればいいし」

「別に敵対してる訳でもないのに、警察のことをサツって言うのやめなね？」

俺は言いつつ、自転車のサドルに跨る。そしたら妻川さんも、俺のママチャリの荷台に跨ったのち——俺のお腹のところに、腕を回してきた⁉

うおおおおっ⁉　ま、待ってくれ！

これはちょっとばかし、青春すぎないか⁉

「つ、妻川さん……？　俺を背後から抱きしめる以外に、摑める場所とかないの……？」

「ない」

「な、ないですか。そうですか……」

「まあ、後ろに寄りかかって、荷台を摑めば安定しそうだけど——それはしない」

「なんで⁉　他に安定できるやり方があるのに、何故それをしない⁉」

「つかいいから、早く出発してくんない？　たまにはラブコメっぽいことしよ！」

そんな言葉と共に、俺の背中をぺしぺし叩く妻川さん。……ギャルって身体的接触が気安すぎるだろ！　いきなりお腹をぎゅってされたら、女子に免疫のないオタクなんて、簡単に恋に落ちてしまうんだぞ⁉

……え、俺ですか？　俺はもう全然、こんなのじゃ動じませんよ。ええ、全く動じませんとも。強いて異常を挙げるとするなら、俺の心臓の鼓動がBPM200を刻んでいるぐらいですね、はい。──それやばい速くない⁉

そんな風に脳内でふざけたのち、俺はママチャリを漕ぎ始める。……すると、それを受けて後ろから、妻川さんの困惑したような声が聞こえてきた。

「うおっ……ちょまっ……フラフラし過ぎじゃね⁉」

「はあっ、はあっ、はあっ、はあっ──け、ケイデンスを！　もっとケイデンスを上げなければ！」

「こいつなんかすげー必死になって漕いでんな⁉　……や、違くない？　あたしが知ってる二人乗りってもっとこう、風が気持ちいいねーうふふーあははー、って感じなんだけど⁉　何でこんな、大しけの中を突き進む一艘の小舟みたいになってるわけ⁉」

「はあっ、はあっ、はあっ──くあっ！　み、右足が……！　た、頼む！　大宮のマックまでもってくれ、俺の足──！」

「もういい。降りる。澪奈もうこんな泥船から降りるから、さっさと降ろせやこのモヤシ野郎。──てか、そんなしんどそうな顔すんな。それがもうあたしに失礼だろうが」

「はあっ、はあっ、はあっ──ところで妻川さん。ここで、一つの疑問が浮かんでくる訳だけど……果たしてこの現象は、俺が非力だから起きたのか。それとも、妻川さんのウェイトがアレだから起きたのか、どっちなんだろうな……？

「あたしのウェイトを疑ってる時点でおめーは男として失格なんだよ！」

俺が自転車を止めた直後、すぐさま荷台から降りた妻川さんは、そんな言葉と共に俺の肩を強めにパンチしてきた。……これは殴られても仕方がない。でも、非力と誹(そし)られた俺としてはどうしても、言わずにはいられなかったんだ……！

そうして、自転車の二人乗りが失敗に終わった俺達は、徒歩で高校の最寄り駅へと向かう。その駅近くにある自転車置き場にチャリを預けると、そこからは電車に乗り、マックのある大宮駅を目指した——。

ちなみに、二ケツが失敗した直後は、「別にあたし、そんな太ってないしマジで……だから、あたしのせいじゃないのに……何か凹(へこ)むんですけど……」と不機嫌そうだった妻川さんは、いまはもう機嫌が直り、普通のテンションに戻っていた。

そんなこんなで、電車の車内で二人、並んで吊(つ)り革(かわ)に摑まっていたら……何故か急に上目遣いになった妻川さんが、しおらしく俺を見つめながら、こう言ってきた。

「つか、こうやって男の子と放課後デートすんの、初めてかも……えへへ……」

「わ、わかりやすくあざとい発言するの、やめてくれません？　というか、これは放課後デートではないし……そもそも、妻川さんみたいなキラキラギャルが、これまで放課後デートをしてきてない訳ないだろ……」

「ふふっ、信じてくんないかー。マジなのになー。まあ、あんまマジだって言っちゃうとマジっぽくなくなるから、しつこくは言わないけど。でも、マジでマジなんだよなー」

「もう信じてもらえなくてもいいと思ってるだろ。……というか、妻川さん？　そういえば昨日、クラスメイトの堀戸と妻川さんが一緒に帰ってるところを見たけど？　あれこそ、放課後デートだったんじゃないのか？」

「ああ、あれ？　あれはだって、いつメンでご飯食べに行くことになったから、たまたま同じ時間に学校を出た翔太と、一緒にそっち向かっただけだもん。あいつと二人っきりでどっか遊びに行った訳じゃないよ？」

「……ああ、そうだったのか……」

「え、なに？　……嫉妬？　もしかして夜田、あたしが違う男子と一緒にいたから、それで嫉妬してくれたの？　――えー、うれしー！　つか夜田って、あんまあたしのこと好きって言ってくんないじゃん？　だから、『堀戸と一緒にいるのを見て嫉妬した』って言ってくれんの、超嬉しいよ！　そういうのはこれからももっと、いっぱい言ってきてね！」

「あの、妻川さん？　別に俺、嫉妬なんか全然してないのに、勝手に嫉妬したっぽくするのやめてくんねえ⁉」

俺はそう反論するものの、それに対して妻川さんは「はいはい、わかったから」と、俺の発言を取り合ってくれないのだった。ほ、本当に嫉妬していないのに……そこを勘違いされんの、プチ腹立たしいですね！

電車の中でそんな会話をしてから、一時間後。

「…………」

「ねえ、ちょっと。なにぼーっとしてんの夜田。あたしの話聞いてた？」

「え？　あ、ああ、すまん……聞けてなかった……」

「もー。せっかくあたしと一緒にいんのに、ぼーっとすんなし」

俺は妻川さんに呼びかけられ、自身の意識を覚醒させた。

いま俺達がいるのは、大宮駅近くのマク〇ナルド。今日は店が空いていたため、二人掛けのソファが二つある席に向かい合って座っていた俺と妻川さんは、ポテトなんかを齧り（かじ）ながら、他愛もないお喋り（しゃべ）をしていた。

周りを見やれば、どこか新入社員っぽいスーツ姿の男性、ノートパソコンを開いている大学生、制服姿の高校生カップルなどがおり……俺達も周りから見たらカップルに思われるのだろうか、なんて愚考をしたあとで、俺は少しだけ笑ってしまった。

「それで、何の話だったっけ？」

「だからー……カカオって輸出の際、諸外国に安く買い叩かれがちでしょ？　だからこそ、原産国で働く労働者の賃金も安くなっちゃってるのは、カカオの価値と原産国に落ちるお金が見合ってないから、ちょっと考えないといけないよねって話じゃん」

「そんな社会派な話してたの俺達⁉　高校生なのに意識高くない⁉」

「社会的ドミナンスがノイジーマイノリティでそれをプリミティブに押し進めるほどアブソリューションだから、そうなったら桃をコンポートしていくべきだよね！」

「意味わからん単語を自分でも意味がわからないまま並べ立てるなよ。最後、何故か急に桃が美味しくなっちゃったぞ」

「てか、桃缶って美味くね？」

「落ち着くー……俺にも理解が及ぶ範囲の会話、落ち着くわー……」

俺がそう口にしたら、妻川さんは楽しげに「ふふっ」と笑ったのち、笑顔で続けた。

「ごめん、いまのは嘘。別にあたしら、社会派な話なんてしてないし……いつも通り、ラノベの話をしてただけだよ」

「そうか……意識が高い俺達なんて、やっぱりいなかったんだな……」

「つか、ちょっと話変わるんだけどさ……見てこれ！　この間アニメイト行ったら、『このすば』の『めぐみん』のアクキーがあったから買っちゃった！　やば可愛くない？」

　妻川さんはそう言いつつ、学生カバンをテーブルの上に置き、カバンにつけられているアクリルキーホルダーを、俺に見せびらかしてきた。

「おお、可愛いなこれ……」

「ね。これめっちゃ良いよね！　カワすぎてしゅきぴ！」

　正直なことを言わせてもらえれば、俺はこういうグッズに使うお金があったら、一冊でも多く本を買ってしまうタイプのオタクなんだけど……なるほど。こういうグッズだったら、お金を使いたくなるな。

　なんて考えながらそれを見ていたら、彼女のカバンには他にも何個かアクキーがぶら下がっていることに気づき——その一個を見て、俺はつい口を出した。

「……どうでもいいけど、妻川さん。青と緑を基調とした二重丸の中に、白文字で『F』って書かれたマークのアクキーがあるんだけど……それ、もしかして——」

「あ、わかった？　ふふっ……これ、ファンタジア文庫のロゴ！」

「どこに需要があるアクキーなんだよそれ！」

ファンタジア文庫のロゴを象ったアクキーを見ながら、俺は大声でそうツッコむ。妻川さんも一体、どういう気持ちでこれをカバンにつけてるんだ……！

「アイドルでも箱推しってあるじゃん？　それと同じだよ」

「ああ、レーベル推しってこと？　だったら別に、ライトノベルレーベルのロゴを象ったアクキーをつけてても、そんなにおかしくはないのか。──おかしくはないのか？」

「つかこれ、めっちゃ良くない？　意味わかんなくて」

「妻川さんも意味わかんないとは思ってるのかよ。……いやでも、凄いなこのアクキー！　こんなの、本当にラノベが好きじゃないと、一ミリも買おうとは思わないやつだろ……みなちょさん、ラノベ読みとして本物すぎない……？」

「えへへー、まーな？　──予備にもう一個買ってあるから、今度あげよっか？」

「あ、俺はいらないです」

「いらないですって何だし」

俺のそっけない態度に、わざとらしく怒る妻川さん。それから、彼女はまた楽しげな笑顔になると、バニラシェイクを一口飲んだのち、それを置きながら言葉を続けた。

「ふふっ……てか、今日はマジでシェイクが飲みたい気分だったから、いまほんとにチルだ。──付き合ってくれてありがとね、夜田」

「……正直な話をすれば、付き合わされた感はあるけどな……！」

「ふふっ。あんたって実は付き合い良いし、あたしの誘いを結局は断んないんだから、いい加減──『三次元の女の誘いは一度断る』ってムーブ、やめてくんない？　夜田も、澪奈と遊ぶの好きでしょ？　だったら、あたしに誘われる度にめんどいことしないでよ」

「いや、結果的に誘いを断りきれないで今日まで来ちゃってるけど、本当は妻川さんの誘いを断ろうとしている俺こそが真の俺で、だからいま流されてここにいる俺は、俺として間違ってるというか……」

「俺として間違ってるってなんだし。いきなり謎ワード出すのやめろ？　……だいたい、あたしらってもう友達じゃん？　なら、夜田の価値観がどうであれ、あたしの誘いを一回断ったりしなくても、普通に──」

「ごめん、妻川さん。ちょっとだけ、言わせてもらってもいいか？」

不躾にも、妻川さんの言葉を遮って俺はそう言うと、さっき購入したジンジャーエールを一口、ストローで流し込む。そうして、自身の喉を湿らせたのち……不思議そうな顔で小首を傾げている妻川さんに、こう告げた。

それは昨日、彼女が堀戸と二人でいるのを見たあの時から、思っていたことだった。

「やっぱり俺は、妻川さんの友達ではないし──友達にはなれないよ」

俺がそれを口にした瞬間——すっ、と。妻川の顔から笑みが消えた。

それから、彼女は一瞬だけ、少しばかり悲しげに目を伏せたのち……氷のように冷たい表情を浮かべると、静かに尋ねてきた。

「…………なんで。だって、こんな楽しいのに。あたしは夜田と一緒にいて、こんなに楽しいんだよ？　それなのに、なんでそんなこと言うわけ？　意味わかんない。あたしと一緒にいて、夜田は楽しくなかったんだ？」

「いや、そういう訳じゃない。そうじゃなくて——」

「じゃあ尚更（なおさら）意味わかんなくない？　一緒にいて楽しいなら友達でいいじゃん。もうなんか、かたくな過ぎてキモいんだけど。結局のとこ、意固地になってあたしを受け入れてくれてないだけでしょ。狭量（きょうりょう）だよ」

「……それはまあ、妻川さんの言う通りなんだけど……でも、一つだけ知っておいてほしいのは、これは妻川さんが悪いから友達になれないとかではなくて——俺側に問題があるっていうのだけは、わかってもらえたら……」

「そんなのわかってるよ。だってこんなん、澪奈は悪くないし。あんたが自分勝手に拗（こじ）らせて、あたしを受け入れてくんないだけで——あたしがどんだけ頑張っても、夜田が振り向いてくんないのがいけないんじゃん！」

感情が昂った妻川は声を荒らげてそう叫ぶと、すぐさま顔を俯けて――「ごめん。怒鳴るのは違うよね……」と反省した。感情的になった自分をすぐ謝れるの、偉いな……。

俺はそう感心してしまいつつ、テーブルの上のコップを見やる。……今更ながら、余計なことを口にしたな、と思った。わざわざ自分から、妻川さんの友達にはなれないと、波風を立てる必要はなかったのに――。

何を俺は真剣になって、彼女と向き合おうとしてるんだ。

そう思ったけど、もう遅い。妻川さんを怒らせ、いまにも泣きそうな顔をさせてしまっている以上、俺は……説明責任を果たすため、自分でも未だ整理のついていない感情を吐露するように、言葉を続けるしかなかった。

「昨日、妻川さんと堀戸が並んで歩いている姿を見て、俺は……なんていうか、その……ああはなれないなって、そう思ってしまったんだ……」

「……意味わかんない。夜田は翔太になりたいの？　ああやって、あたしと一緒に帰りたいって？　そんなの、いつだってしてあげるよ。夜田が求めてくれたら、あたし――」

「違う。妻川さんと一緒に帰りたいとかじゃなくて――ああやって当たり前みたいな顔をして、妻川さんの隣にいるのが、無理だって思ったんだ……」

「………………なんで？」

「だって、俺は……俺なんか……何の取り柄もない、オタクでしかないから……」

「────」

そうやって言葉にすることで、俺が堀戸に抱いていた気持ちがなんなのか、自分でも自覚してしまった。……なんてことはない。

それは、ただの劣等感だ。

友達はクラスに二人だけ。好きなのはラノベとゲームで、でも読解力が高かったりゲームが上手(うま)かったりは特にしない。お金が欲しいから仕方なくバイトをしているけど、バイト先では店長や先輩に叱られてばかり。勉強だって、赤点を回避できる程度にしかできなくて──自慢できることなんて何もない。俺は未だ、何も成し遂げてはいないんだ。

それなのに、この年でちゃんとモデルとして一つ摑(つか)んでいる妻川さんの友達になるなんて、おこがましいにも程がある──。

俺はあの時、もう一人の俺に、そんなことを言われてしまった……「お前みたいな何もない人間が、クラスのみんなから慕われている堀戸と同じように、彼女と一緒にいていいわけないだろ」って。

「妻川さんの隣にいていい人間だって思えないんだ。だから、友達になろう、と妻川さんに誘われても、それを受け入れられなくて……やばいな、なんか重い話っぽくなってるかもしれない。でも、これはそんな深刻な話では全然なくて——単純に俺と妻川さんは、人として住み分けられるべきだって、それだけなんだよ」

「…………」

「誰かと友達になるのに、それに見合った自分でないと、友達になってはいけない——なんて法律はどこにもないし、だから妻川さんからしたら、何言ってんだこいつ、ってなるのかもしれないけど……正直、他人は関係ないんだ。そうじゃなくて俺が、俺を認められていないから。そう思っている以上、俺は——妻川さんの友達には、きっとなれない」

「…………」

「つまるところ、俺が妻川さんと友達になれない理由は、いつか俺を裏切る三次元の女だから、とかではないんだよ。……これは、騙されてるだけかもしれないけど。俺はもう妻川さんのことを、推しだったゆなちゃやArISUと同じ、『いつか俺を裏切る女性』として、嫌悪はできなくなっているし……ま、まあもちろん？　だからって妻川さんのことを好きにもなってはいないけどな？　そこは調子乗らないでもらえると助かる」

「別に調子乗ってなかったのに、調子乗んなって言うなし」

「ふふっ。……だからまあ、その、なんだ……要するに、俺は自己肯定感の低い、拗らせた人間だから。そのせいで、妻川さんと友達にはなれないんだけど、それで妻川さんが怒ったり悲しんだりする必要は絶対にないってことだけ、わかってくれたら……」

俺はそこまで語ったあとで——何を長々と恥ずかしいことを喋ってるんだ俺は⁉　となった。うあああぁぁ……頭の中でよく整理できていないまま話し始めたから、言うつもりがなかった感情まで口にしてしまった！　最悪だ！

ただまあ、いま俺が語ったクソダルい劣等感こそが俺の本心であり、だからそんな俺の気持ちが、俺にだけはわかるんだけどな……わかるよ、夜田。お前は間違ってない。妻川の隣に並び立てるような人間じゃないというお前のその劣等感は、決して間違ってはいないんだぜ！　——この自己肯定がそもそも間違ってるんだよなあ！

そんな風に俺が反省していたら、俺の正面に座っていた妻川がふいに立ちあがり、こちらに移動してきて——俺が座っている二人掛けのソファに、一緒に座った。必然、俺のすぐ右隣に彼女がいる形となり、俺の右肩と彼女の左肩が触れ合ってしまっていた。

「え……な、なぜ、俺の隣に来たんです？」

俺のそんな問いかけに、妻川は何も言わず、ただ悪戯っぽい笑みを零す。それから、彼女は静かに、両腕を大きく広げると——ぎゅっ、と。

何の前触れもなく、俺の頭をその両腕で包み込み、自身の胸に抱いた。

「なっ——ふまかわはん⁉」

自然、俺の顔は正面から、妻川さんの豊満な胸の谷間に埋まる。柔らかなおっぱいの感触が顔全体から伝わってきて、刹那、脳を電流が駆け巡った。なななな何が起きてるんだこれは⁉　どうして俺はいま、ギャルに強く頭を抱かれている⁉

制服からラベンダーのようないい香りがしてくる。顔面の全てで彼女のおっぱいの柔らかさを感じているのに、どことなく硬いところもあるのはこれ、ブラジャーの部分なんだろうか……なんて考えたら、マジでエロい気分になってしまった。誰か俺を殺してくれ。

そんな風に俺がテンパっていたら、妻川さんは何故か「ふふっ」と小さく笑ったのち、俺の耳元に唇を近づけて、こう囁くのだった――。

「ねえ。夜田ってすげーバカでしょ」

どこか妖艶な声でそう言われ、俺の心臓が早鐘を打つ。

……つつつつ妻川さんこそ、いきなり他人の顔を自身の胸の谷間に埋めさせるとか、とんだビッチじゃないですか！　内心ではそう抗議しつつも、俺が反論の声を上げられずにいたら、彼女はそうして俺を抱きしめたまま、楽しげに言葉を続けた。

「なんであたしの友達になるのに、自分を認める必要があんの？　――あとはあんたの心づもり一つじゃん。あたしが好きだったら、なればいいし。あたしが好きじゃないんなら、なんなくていい。あんたに価値があるかどうかなんて、マジで関係なくない？」

「…………」

「つか、あんたの価値なら、あたしが見つけたから。あんたはもう探す必要ないんだよ」

「──────」

妻川に優しい声音でそう言われた瞬間、少しだけ泣きそうになってしまった。

……もちろん、泣いてはいない。

決して、泣いてはいないんだけど──妻川にそう言われただけで、小さく救われたような気分になってしまった自分が、どうにも情けなかった。

それから、妻川はそっと、抱きしめていた俺の頭を解放してくれる。なので俺はすぐさま、真っ赤になった自身の顔を、彼女の胸元から離れさせた。……本当、なんだったんだいまの行為。ギャルの胸の谷間に顔を埋められるとか、これサービス料いくら？

思っていると、一方の妻川さんも顔を赤らめながら、どこか照れたように「えへへ」と可愛らしく笑った。……あの、どうして抱きしめた側がそんな、恥ずかしそうにしてるんですか？　行動を起こしたのはそっちなのにおかしくない？

俺がそんな風に考えていたら、彼女は先程の話を続けるように、こう言った。

「でも、あたしがあんたの価値を認めてあげても、夜田は自分を認められないんでしょ？　さっき言ってたよね、他人は関係ないって。誰かに自分を認めてほしい訳じゃなくて、自分で自分を認めてあげないと、あたしの友達になっていいって思えないんだもんね？」

「……みなちょさんは理解力が高くて助かる……」

「理解はできても、共感はできないけどねマジで！　──わっかんないなあー！　不釣り合いでも別によくない？　つか、不釣り合いじゃないし！　あたしはそう思うのに、そうじゃないんだもんなー……夜田は夜田の価値観で、あたしと友達になれないってわがまま言ってんでしょ？」

「わ、わがままって……」

「だってわがままじゃんこんなの！　本当、しょうがないなー夜田は……でも、ふふっ。しょうがないから、このままでもいいよ」

妻川さんはそう言いながら、俺の右手を勝手にテーブルの上に移動させ、そこに自分の手を重ねてきた。……今日はギャルさんのスキンシップが激しすぎでは⁉

そう思った俺が困惑の表情を浮かべても、彼女はそれに気づかないフリをしつつ、自身の左手を俺の右手に絡ませ、勝手に恋人繋ぎをしてしまった。

そうして妻川は、呆れたような微笑と共に続ける。

「あんたの言ってることは、正直よくわかんない」

「そ、そうか、よくわかんないか……」

「だけど、あたしが嫌われてる訳じゃないのは、わかったから——このまま、友達じゃないままで、それでも一緒にいよ？」

「…………」

「あたしと一緒にいる自分を認められないまま、これからも、あたしと一緒にいてよ」

……それをしてもいいのだろうかと、少しだけ考える。

俺は昨日、妻川の隣にいる堀戸を見た時に、ああはなれないと思った……だから、妻川さんとはこれからも友達にはなれないと、そういう結論を出したけど——友達にならないまま一緒にいるなんて、そんなのは正しいのか？

だって、それはもう、はたから見たらただの——。

俺は思案しつつ、彼女に握られていた右手をやんわりとほどく。それから、改めて居住まいを正し、妻川さんに向き直ると——「あたしと一緒にいる自分を認められないまま、あたしと一緒にいて」という彼女の言葉に対し、こんな返事をするのだった。

「俺の方から、妻川さんと一緒にいようとすることは、できないけど……今後は。三次元の女はクソだから、という言い訳を使って——妻川さんと一緒にいるのを、理由もなく拒否するのだけは、や、やめます……」

「ぜんぜん気持ちよくない答えを出してんじゃねーよてめー」

俺の出した結論に対して、妻川はそうツッコんだのち――「あははっ！」と快活に笑った。あれ……いまの俺の発言は、個人的にはかなり踏み込んだものだったんだけど、何で笑われてるんだこれ……。

ともかく。こうして、自身が抱える劣等感から、ギャルとは友達になれない、と思った俺は、そのことを彼女に伝えた結果――それでもいいから一緒にいよう、と。

もう一つ上の答えを妻川さんに出されてしまい……散々話し合いをした割には、これまでと変わらぬ関係を継続させられることとなったのだった――。

……というか、妻川さんは何でこんなクソダルいオタクと、関係を続けてくれるのだろうか……ギャルの包容力エグすぎない？　その包容力、もはやお母さんレベル。今度から俺、妻川さんのことは『埼玉の母』って呼ぼうかな……まあ、俺が自宅に帰ったら、そこにも『埼玉の母』はいるんですけどね！　実のお母さんを占い師みたいに呼ぶなよ。

インタールードⅡ　あたしとかなちゃむ

大宮のマックで夜田と別れた私は、京浜東北線に乗って与野本町駅に向かう。駅に降り立つと、そこから五分ほど歩いて自宅に到着。「ただいまー」「おかえりー」というやり取りをママと交わしたあとで、手洗いうがいを済ませ、自室に引っ込んだ。それから、リラックスできる私服に着替えたのち、ベッドに寝転がってスマホを弄り始める。

インスタを起動して、親友にメッセを送信。ちなみに、それはこんな内容だった。

『夜田に鬼ネガったこと言われて、何故かめっちゃキュンしちゃったんだけど』『これあたし、どういう感情？？？』

「はあー、意味わかんな……ふふっ……」

マジで意味わかんないことだらけだった。

つか、夜田が言いたかったことがもう、いまでも意味わかんないし……帰りの電車の中でも色々と考えたけど、あいつが抱えてる劣等感って一体なんなんだろ？　だいたい、自分を認められないから友達になれないってなに？　友達になるのにそんなん関係なくない？　意味わかんないんだけど。

　そして、何よりもわからないのは——私の感情。

　なんで私はこんなにもめんどくさい、一緒にいようとするだけで一苦労しなくちゃいけない彼を、抱きしめてしまったんだろう……。

　そんな風にごちゃごちゃ考えながらスマホを弄っていたら、親友のかなちゃむから返信が来た。それは『お前のメッセ、抽象的すぎて意味わからん』『もっと説明しろ』というもので——なので私は、今日あった出来事をなるべく事細かに、かなちゃむに説明した。

　そしたら、彼女から返ってきたメッセは、こういうものだった。

『あーしからしたら、夜田もあんたも考えすぎじゃない？』

『は？』『夜田は考えすぎだけど、あたしは考えすぎじゃなくない？』

『や』『澪奈も十分、考えすぎだって』『おまえ変に賢いからな』『賢い奴ってバカなのかもしんない』『やーいバーカバーカｗｗｗｗ』

『うっせえ』『数学の点数八点があたしにたてつくな』

『いま数学の点数関係ねーだろ』『今日してきたネイルでおめーの顔面切り裂くぞ』

　そんなメッセがあったあとで、かなちゃむからネイルの写真が送られてくる。……えーめっちゃ可愛いんだけど！　かなちゃむマジでネイルのセンスあるな！　すご！

『ネイル最高じゃん』『どこの店？』

『ザギンまで行ってきちゃいました』

『ザギンやば』『ザギンでスーシーってやつ？』

『スーシーじゃ普通だろ』

かなちゃむと夜田について話し合っていたはずが、途中そんな脱線もしつつ、私は親友と楽しいメッセのやり取りをする。……正直な話、この感情に名前がつかなくても、なんか心地いいってことだけわかってればいいかなー、とか思ってたんだけど——かなちゃむは地頭がいいから。私とのやり取りの中で急に、核心を突くようなことを言ってきた。

『つか澪奈』『あんたが夜田を抱きしめたくなった理由だけど。。。』『夜田に自分の弱いとこを見せられて、それでキュンしちゃったんじゃね？』『だってさ、お腹を見せてくる犬とか可愛いじゃん？』『それだ』『あーし天才すぎ』

『、、、そかも』『自分の弱い部分を見せて、あたしの好感度上げるとか』『夜田って策士だったりすんのかな。。。』

『ないない』『もしそれが策だったら、澪奈はそれ見抜いてるでしょ』『だから夜田って、マジでダルいオタクなんじゃん？』

『あ？』『別に夜田はマジでダルいオタクじゃねえけど？』

『本音で語ってるだけのあーしにキレんなよ』『でも、あながち間違ってなくない？』

かなちゃむからのメッセに、私は「かもなー……」と呟いた。……だって、今日マックで夜田が言っていたことは、一つもカッコよくなかったのだ。それなのに私は、こいつを抱きしめたいってなった。そして、そう思った次の瞬間にはもう、彼を抱きしめていた。

きっと、夜田涼助という男の子は繊細なんだと思う。

繊細で過敏。思慮深くて臆病。自分の考えがあるからこそ、自信を持つのが苦手な子。

そんな彼が、自身の本音を隠さずにさらけ出してくれたあの瞬間に、私は――どうしようもない愛おしさを覚えた。それは恋ではない。未だ愛でもない。たまらなく愛らしいから、私から強く抱きしめたいと、そう思う気持ちだった。

「可愛いなー、あいつ……あたしのものにしたいなー……」

――そしたらあたしも、夜田のものになってあげるのに。

そんな風に思ったあとで、それって恋とはどう違うんだろ、なんて考えた。

もうこんなん、シンプルな独占欲じゃん……だって私いま、他の子に夜田を取られたくないって思ってる。でも、まだ夜田とは友達でしかないし、別にそれでいいと思ってるのに。……もしかしてあたし、束縛強い系？　彼ピじゃない夜田が他の女と一緒にいるだけで許せない的な？　マジか、やばいなー。これがバレて夜田に嫌われたくねー。

私はそんなことを思案しつつ、夜田を抱きしめたあの瞬間を思い出す。よくよく考えてみると、私がこんなにもアピッているのに、まだ夜田との関係が何も進展していない事実には、ちょっと驚くしかないけど――それでもいいのかなって、そう思ってしまった。

だって私はあいつと、こうやって一緒にいたいだけだから。

セックスがしたい訳じゃない。チューがしたい訳でもない。……実はちょっとだけ、したくなってきてもいるんだけど。でもそれは、私が本当に求めてるものじゃないし。

ギャルとオタクは友達になれないって言われても、それは別にいい。

でも、たった一つだけ、私が望むことがあるとすれば――。

これからも当たり前みたいにずっと、私と一緒に、いてほしいな……。

「…………や。あたしがいま思ったこと、乙女みたいでキモくね⁉」

自分の思考にそうツッコみつつ、私はラインを起動する。そして、とある男の子の名前を見つけると、そのトーク画面を開いたのち、彼にこんなメッセを送信するのだった。

『結論出ました』『あたしが夜田を抱きしめたかった気持ちはガチ』『でも、あんま調子乗んなよ？』『あたしは別に夜田のことなんか、好きじゃないんだからねっ』

とは言いつつも、もう割と好きなんだからねっ。

そこら辺の複雑な乙女心、ちゃんとわかってよね！

第九話　ギャルと好みのタイプ

妻川とマックに行った、翌朝。ホームルーム前の教室にて。

「………………」

俺は自分の席に突っ伏しながら、頭の中で一人——うわああああああああああああああっ！　と叫んでいた。ああああ失敗した失敗した失敗した失敗した失敗したあたしは失敗——。

実を言うと昨日の時点では、自分の行いにさほど後悔はなかった。俺が彼女に語った言葉に嘘偽りはないし……そもそも、自分の中にある『言うべきじゃない本音』はちゃんと隠したうえで、彼女にああいう話をできたつもりでいたんだ。

それなのに、あれから一晩が経ち、改めて昨日のことを思い返してみたら——。

『そうじゃなくて俺が、俺を認められていないから。そう思っている以上、俺は——妻川さんの友達には、きっとなれない』

ああああああああキモすぎる！　こいつ、妻川さんに言うべきじゃない言葉まで口にしてやがる！　——誰か俺にタイムマシンをくれ！　もし俺が過去に戻ったら、昨日の俺をボッコボコにして、妻川さんにキショいことが言えないようにしてやるのに！

　だがしかし、後悔先に立たず、とはよく言ったもので……ド○えもんとのコネがない俺はただこうして、時間を前に進める——いつも通り学校に登校するしかないのだった。何で学校って好きな日にお休みが取れないの？　ブラック企業なの？

　そんなことを思いながら机につっぷして寝ていたら、ふいに——左肩を、ぽん、と誰かに叩かれた。なので、俺がしぶしぶ顔を上げると、そこには……目に眩しい彼女が、こちらにギャルピースを向けながら立っていた。

「うぃー。おはよー、夜田。——ギャルピース feat 早朝！」

「フィーチャリングってその使い方であってんの？　……お、おはよう、妻川さん……」

「どした。なんかいつもより元気なくない？　もしかして、昨日のことでも思い出して恥ずかしくなってんの？」

「…………」

「図星かよ。まあ、昨日のアレはねー……ちょっと恥ずかしくなった方がいいくらい、アレなこと言ってたからなー、ねずまよ君！　なんかもう、夜田の中にあるねずまよの部分が爆発して、止まらなくなってた感ある！　ふふっ、超ウケなんだけど！」

「…………」

「……や、ごめん。イジった方が笑い話になると思ったからイジったんだけど、その表情を見る限り、まだ笑いにできる感じじゃないっぽいね？　――でもさ、あんま気にする必要ないって。確かに昨日の夜田はダルかったけど、人間、ダルくなっちゃう時って誰にでもあるじゃん？　そういう時こそ、誰か寄りかかれる人――昨日の夜田で言うなら、あたしに寄りかかるべきで、あんたはそれがちゃんとできたんだから、ダルかった昨日の自分を反省する必要はないんだよ！」

……もしかしなくても妻川さんって、人を慰めるのが下手なのでは？

彼女が俺を気遣ってくれていることは理解しつつ、俺はそう思ってしまった。こういう場合、昨日の夜田はダルかった、という部分は隠したうえで、俺を慰めるべきなんだよなあ……なんて考えていたら、妻川は微笑しながら続けた。

「つか、昨日の話も出たし、ちょっと試していい？」

「ん、試す？　何を？」

「ねー夜田。今日、あたしと一緒に帰ろーよ」

「…………」

悪戯（いたずら）っぽい表情を浮かべる妻川にそう言われると同時、俺の脳裏にフラッシュバックしたのは、昨日の俺のこんな発言だった――。

『俺の方から、妻川さんと一緒にいようとすることは、できないけど……今後は。三次元の女はクソだから、という言い訳を使って——妻川さんと一緒にいるのを、理由もなく拒否するのだけは、や、やめます……』

一応はこう宣言したにもかかわらず、それでもやっぱり俺は、妻川さんと一緒に帰らないための理由を探してしまう……でも、いまぱっと思いついた用事はどれも、彼女の誘いを断るために無理やり捻り出した言い訳でしかないと気づいた俺は——妻川の、「今日、一緒に帰ろーよ」という提案に対して、しぶしぶ首を縦に振るのだった。

「…………ああ、わかった」

「おおおっ⁉　マ⁉　ちゃんと約束通り、素直になってんじゃん！　えらいえらい！」

「ちょっ……他人の頭を犬みたいに撫でまわすなよ！　ここ教室ですよ⁉」

「ふふっ、教室じゃなかったらいいんだ？　じゃあ、あとで——教室じゃない場所で二人っきりになれたら、いっぱいなでなでしてあげんね？」

「そそそういうことでもないのだが⁉」

妻川に頭をわしゃわしゃ撫でられながら、俺はそうツッコむ。

本当に最近、ギャルさんのスキンシップが激しすぎだった……もしかして彼女、俺のことをキャバクラの太客とでも勘違いしているのでは？　俺はどんだけ触られても、お水一杯で何時間もねばってやるからな！　――キャバクラってそんな、ファミレスみたいなシステムじゃないだろ、たぶん。

それから時間は経過して、放課後。

俺は今朝約束した通り、高校の最寄り駅までの道を、妻川さんと一緒に歩いていた。

正直な話、俺は自転車通学で、妻川さんは電車通学なので、学校の最寄り駅に着いたらそこで別れることになるため、一緒に帰る意味はあまりないんじゃねえかな……と俺が思っていたら――妻川がふいに、通学路から少しばかり外れた場所にある自然公園を指差しながら、「ねえ、ちょっと寄ってこうよ」と提案してきた。

「……別にいいけど、妻川さんって今日、お仕事は？」

「あと一時間くらいなら平気だから、行こっ！」

彼女はそれだけ言い残すと、俺を待たずに自然公園の中に入っていってしまう。――そこは、広い敷地に青々とした芝生が敷かれた大きめの公園で、近所に住む子供やお年寄りなどが多く利用する、憩いの場だった。

そんな公園の一角、屋根付きのベンチがある場所に妻川さんは向かうと、そこに腰掛ける。彼女はそれから、自身の隣の席をぽんぽん、と左手で叩き、にっこり顔で笑った。

なので俺は、ベンチの近くに自転車を停めたのち……彼女が座っているベンチに、妻川さんからヒト一人分の距離をきっちり空けて、腰を下ろした。

「…………」

すると、彼女は無言のまま俺の方に体を寄せ、お互いの肩がぴったりくっつく位置に座り直す。……彼女の柔らかな太ももが、俺の太ももに。彼女のか細い腕が、俺の二の腕に少し当たる。あ、あの、ギャルっていちいち距離感が近くない……？

そうして俺が戸惑っていたら、俺が戸惑っていることに気づいているっぽい表情の妻川さんは、あえてそれには一切触れずに、突然こんなことを尋ねてきた。

「てか夜田って、どういう女の子がタイプなん？」

「質問がいきなりすぎない？　……でもまあ、最近はあれだな――『りゅうおうのおしごと！』の『夜叉神天衣』ちゃんとか、タイプかもしれない」

「まーた二次元で答えてるよこいつ。……ん？　つか、『りゅうおうのおしごと！』の天衣ちゃんって、ガチの子供だよね？　確か、年齢で言うと――」

「九歳だな」

「ゴリッゴリのロリコンじゃねーかよ！　えー……女子のタイプとして答えられた時に、

一番どうしようもないやつじゃんそれ。ベンジャミンバトンするしか解決策なくない？」

「とまあ、それは冗談として。──冗談ということにして」

「つまり冗談じゃないのな？」

「真面目に答えると、俺の女の子のタイプは……黒髪ロングの毒舌系とか、結構好きかもしれないな。……まあ、現実にそんな、『戦場ヶ原ひたぎ』や『雪ノ下雪乃』みたいな、素敵な女の子がいるとは思えないけど……」

「…………」

俺の発言を受け、綺麗な茶色に染まった自身の毛先をじっと見つめる妻川さん。それを指先でくるくる弄びながら──彼女は唐突に俺を睨みつけると、こう言ってきた。

「ところで夜田くん。あなたの口、臭すぎなのだけれど？　もしかして今朝、口をドブ川でゆすぎでもしたのかしら？」

「いきなりの暴言なんだよ⁉　あまりにも突然のこと過ぎて、心のガードが間に合わなかったから、すげえ傷ついちゃったぞ……」

「もしくは、公衆便所でも食べたのではないかしら？」

「とんでもねえ悪口言ったなこいつ⁉　これは俺、もう裁判起こしていいよな⁉」

「さささ裁判にはしないでもらえると嬉しいかしら⁉」

「嫌だな、相手の反撃にビビる毒舌って……毒舌するなら毒舌を貫いてくれよ。相手の反論に負けるなよ」

俺はそうツッコんだのち、妻川さんを見やる。すると彼女は、クールに髪をかき上げながら――「私があなたを見つめるのはいいけれど、あなたはあまり私を見ないで欲しいかしら」と謎の発言をしたので、俺は抱いた疑問を彼女にぶつけた。

「というか妻川さん。いまの毒舌はいったい……」

「どう？　あたし、夜田の好みっぽい女になれた？」

「いや、どうだろう……妻川さんのイメージする黒髪毒舌女子が、語尾に『かしら』をつけがちっていうのだけは、わかったけど……」

「夜田くんにはいますぐ死んで欲しいかしら」

「それはもう毒舌じゃなくてただの悪口だろ！　ううっ、酷い……」

「ご、ごめん夜田。死んで欲しくはないかしら……」

妻川さんはそう言いながら、俺の右手を優しく撫でる。わ、わかったから……それが冗談だっていうのはわかってるから、いちいちスキンシップしてこないでくれ……！

思いつつ、俺は彼女の手から自身の手をそっと逃がすと、会話を続けた。

「いやいや、妻川さん……いまからキャラチェンジは無理だろ。俺はもう妻川さんが、俺に毒舌してくるようなギャルじゃないって、わかってるし――あと黒髪ロングの毒舌女子がタイプって言ったけど、それを妻川(つまかわ)さんに再現してもらったら普通に傷ついたりもしたので、やっぱ現実におけるタイプではないのかもしれません！」

「ふふっ、ちげーのかよ。じゃあ、どんなのがタイプなの？　あたし、ラノベめっちゃ読んでるから、色んなタイプの女の子になれるけど？　何なら、ギャルと正反対の清楚(せいそ)系にも擬態できるしな。――清楚系ですわよ」

「清楚系ですわよ⁉　それ清楚系っていうか、金持ちお嬢様系では？」

「今日はおテラスでおハーブティーを飲みながら、おラノベを読む予定ですわよ」

「お嬢様、おテラスでおラノベ読むかなあ……ラノベ好きなお嬢様なんて、キャラとしてはかなり立ってそうだけど……」

「そのあとはおSNSで、おツイッタラーの皆様と、おレスバトルを繰り広げる予定ですわ。今日こそわたくしのおリプで、あのおカスどもを黙らせてやりますわ」

「SNSで暴れんな。ネット弁慶かよ。……お言葉ですがお嬢様、なんでも『お』をつければ言葉がマイルドになる訳ではないですよ？」

「黙りなさい愚民。あまり騒ぐようなら殺しますよ？」

「もうそれフリーザ様じゃん！　お嬢様じゃなくてフリーザ様じゃん⁉　――というか、

割と早い段階で、清楚系が関係なくなっちゃってんな⁉」

　俺が埼玉県の原市出身の芸人さんのようにそうツッコむと同時、妻川さんは心底楽しそうに「あははは っ!」と笑った。……そんな彼女を見て、俺もつい笑いそうになる。ちくしょう、三次元のくせに、なんて楽しいギャルなんだ……。

　そうして、妻川さんはひとしきり笑ったあとで、俺の太ももをぱんぱん、と二回ほど叩いた。「痛いな。なんだよ……」「んーん。なんでもない!」彼女はそう言って再度笑ったのち、何かに気づいたような顔になると、そのまま続けた。

「つかさ、あたしいま、夜田のタイプを聞いてそれになろうとしたけど、違くない?　そうじゃなくて——あたしはギャルであることに誇りを持ってるんだから、夜田の好みをあたしに合わせなきゃじゃん!」

「は、はあ……さっきから何を言ってるのか、ちょっとわかんないですけど……」

「要するに、夜田をギャル好きにすりゃいいってことだよ。うぇーい!」

　妻川さんはそんな言葉と共に、いきなり俺と肩を組んでくる。……彼女からのスキンシップにはもう慣れたから、別にこの程度じゃ動揺しないな——なんて思いながら自身の脈を測ってみたら、俺の心臓の方は勝手にドッキドキしていた。うーん、体は正直!

「とりま、ギャルが苦手っぽい夜田には、ギャルを好きになれるセールスポイントを教えてあげるね！」

そう言いながら、俺の肩から手を離した妻川さんは、学生カバンから大きめのタブレットを取り出した。次いで、彼女は手慣れた様子でアプリを起動すると、とある電子雑誌の表紙をそこに表示する。

その雑誌のタイトルは『leg（レッグ）』というもので……タブレットの画面には、派手な格好でうぇーいした白ギャルと黒ギャルが、目を引く姿で映っていた。

それから妻川は、表紙に載っている黒ギャルを指差しながら、こう口にした。

「これ、あたしの親友のかなちゃむ！　可愛（かわい）くない？　映え突き抜けてない？」

「……可愛くないと言えなくもないと言えなくもないとは言い切れない」

「なんかめんどいなこいつ……でもまー、わかってるよ。あんたが見たいのはこの子じゃなくて、こっちの子でしょ？」

言いながら、妻川はタブレットをスワイプし、雑誌のページを繰る。そのうち、渋谷の街頭で一人のギャルが凜（りん）と立っているスナップ写真が写し出され……俺はつい、画面の中にいる二次元な彼女を、まじまじと見つめてしまった。

派手な服装だけど、化粧はどこか控え目。そんな彼女が体を少し斜めにして、暮れなずむ陽光に照らされながら、こちらを見つめて微笑（ほほえ）んでいた。――そこにいるのは、いつもの妻川さんではなかった。学校にいる時とは別の、プロフェッショナルとしての彼女。高校一年生にして大人の世界で戦う、カッコいい姿の妻川さんだった。

彼女はよく笑う子だから、同じような微笑は俺も見ている筈なのに、どうしてモデルの仕事として切り取られたこれと、普段のそれは別物に見えるんだろうか……なんて考えながら写真を観察していたら、隣からの視線に気づき、俺ははっとなる。

そうして、俺が視線の感じた方に目を向けると——妻川さんがめちゃくちゃにやにやしながら、俺の横顔を見ていた。な、何ですかその顔は……。

「もしかして夜田、もうあたしのこと好きくない？」

「い、いや……好きくないから……」

「そう？　そんなぽーっとした顔で見つめられたら、好きになってもらえたって勘違いしない女はいないけどなー？　……つか、もしこれが欲しいんなら、紙の雑誌もまだウチにあるから、今度あげよっか？」

「べ、別に欲しい訳じゃないから、それは大丈夫です……」

「まーまー、遠慮すんなって。ちゃんと明日、学校に持ってきてあげるから。——あたしが可愛いからって、シコったりすんなよー？」

「シコったりすんな、とか言うなよ！」

下ネタが生々しいんだよ！　俺の方が恥ずかしくなっちゃうだろ！　俺が内心でそうツッコミを重ねていると、妻川は考え込むように顎に手をやりながら、こう続けた。

「……や、別にあたしでシコってもらうぶんにはいっか。むしろ、他の子でシコられる方が、なんかやだし。――そういうわけだから夜田、あたし以外でシコんないでね？」

「お前は自分がどんだけハレンチなことを言ってるのかわかってんのか⁉」

俺のそんなツッコミを受け、また愉快そうに笑う妻川。本当、ギャルって陰キャを困らす言動しかしねえな……と思っていたら、彼女は元気な声音で言った。

「とりま、これがギャルのセールスポイント、その一ね！　――かわいい！」

「……妻川さんが可愛いことに対して異論はないけど、それを自分で言えるのが凄いな」

「だって、そこら辺の女よりあたしの方が可愛いのはそうじゃん？　そもそもあたしは、自分の可愛さを仕事にしてる以上、可愛くなる努力もちゃんとしてるし。だから……勝ってる、勝ってる、勝ってる、ギリ勝ってる」

「下校中の女子生徒を指差しながら、すげえ傲慢なこと言うのやめな⁉　思ってもみんな、こういうことを言わないで生きてんだよ！」

「まーね？　集団の中で生きてる以上、それなりに気を遣って生きるのって、やっぱ大事かもだけど……でも、あたしはそういう生き方、しないって決めてるから」

「こ、このギャル、無駄に芯が一本通ってやがるだと……⁉」

「ほら、夜田もやってよ。どっちが勝ってる？」

「…………勝ってる」

　近くを通った女子生徒と自分を交互に指差した妻川に尋ねられた俺は、妻川さんに指を向けて、そう言った。すると彼女は、「やったー！　夜田に褒められんの、めっちゃ嬉しい！」とテンションを上げながら、俺の頭をわしわし撫でてくる。

　……勘違いされたら困るけど、俺は別に、妻川さんに気に入られたくて彼女を指差した訳じゃないからな？　そうじゃなくて、「妻川の方が可愛くない」という嘘を吐けなかったから、そうしただけで……なんかツンデレっぽくなってるけど、本当だからな⁉

　俺は思いつつ、彼女に乱された髪を撫でつけながら、言葉を続けた。

「は、判定しといて何だけど、そもそも容姿に勝ち負けなんかないんだよなあ！　見て呉れなんて結局好みの問題で、可愛い、カッコいい人はただ単にそう思われる母数が多いというだけの話だからつまりイケメンなんてこの世には存在しておらずだから堀戸なんて全然羨ましくないけどイケメンは俺達より多めに消費税を取られるようになってほしい」

「や、どういう国策だしそれ。私怨ヤバくない？」

　妻川にはそう呆れられたけど、これは俺が普段から割とマジで思ってることだった。イケメンは容姿で得をしてるんだから、どっかでプラマイゼロになるようにすべきだろ。まあ、それで言ったら、全国のブサイクに金一封プレゼントでもいいかもだけど……やだなあ、ブサイクとして金一封贈呈会場に並ぶの。どんな顔して並べばいいんだよ。

とまあ、そんな話をしてから、数十分後。

そのあとも妻川は、何故か俺に対して『ギャルのセールスポイント』を何個も列挙してきた。——『ファッションセンスがある』『素直な性格』『誰とでも友達になれる』といった長所を挙げたあとで、彼女はどこか蠱惑的な笑みを浮かべながら、こう続けた。

「じゃあもう、とっておきのセールスポイント出すね？　……ギャルは、股が緩い！」

「お、お前、それ……ギャルの方から言っていいのかよ？」

「まー、あたしはギャル友から『身持ち堅すぎ』って言われてるけどなー。でも、ギャルにこういう子が多いのはそうだよ。あたしも別に、下ネタとかぜんぜん平気だし」

「あ、それは知ってます」

「み、澪奈、恥ずかしくて、おちんちんなんて言えない……」

「めちゃくちゃ言ってるじゃねえか……」

俺のそんなツッコミに、呵々大笑する妻川さん。それから、彼女は自然な手つきで俺の右足の太ももをさすり始めると（!?）、さもなんでもないことのように言った。

「ただ、身持ちの堅いあたしでも……夜田にだったら普通に、澪奈のおっぱいとか？　揉ませてあげられるけど？」

「…………は？」

「や、これは割とマジで。……もちろん、夜田がしたいなら、だけどね？　あんたに『妻川さんのおっぱい揉んでもいい？』って聞かれたら――『しょうがねーなー』って迷いながら答えられるくらいには、あたし、夜田のこと好きだし……」

「…………」

「ど、どうする？　揉んでみる？」

言いながら、妻川さんは上目遣いで俺を見つめてくる。――自分から言い出してきたくせに、彼女の頰は何故か、熟れた林檎のように赤らんでいた。

いや、いきなりなんだこの状況……いきなりなんなんだよ⁉

というか今更だけど、今日の妻川さんはどこか、いつもと比べて様子が変だった。彼女は普段から距離感が近いので、気づくのに時間がかかってしまったけれど……おっぱいを揉んでいいなんて、さすがにそこまで言われたことはなかったし――。

俺はそんな風に思案しつつ、つい妻川さんの胸を見てしまう。……たわわなそれを目の当たりにして、俺の中にある男性本能が屹立するのがわかった（比喩表現）。飾らぬ本音を言葉にするなら、すげえ揉みたい。もちろん揉みたいけど……妻川さんの友達にはなれないと思っている俺がまさか、そんな漢らしい選択肢をここで選べるはずもなく——。

選べ！

①【揉む】

②【揉まない】

③【自分のおっぱいを揉みながら、「うーん、程よい揉み心地！」と全力で叫ぶ】

脳内に浮かび上がった三つの選択肢のうち、②を選ぶしか、俺にできることはないのだった……というか、第三の選択肢ふざけてるだろ。『のうコメ』かよ。大好きだったわ。

そうやって、自身を落ち着けるために小ボケを挟んだ俺は、改めて深呼吸をする。そののち、幾ばくかの未練を吐き出すように、妻川さんに告げるのだった。

「…………今日は、大丈夫です」

「『今日は』ってなんだし⁉」

「いや『今日は』ってなんだよ⁉」

あまりにも情けない逃げの一手だった。未練たらたらじゃねえか！

ただまあ、拗らせオタクの俺としてはやっぱり、ここで彼女のおっぱいを揉んでしまうのはなんか違う気がしたので……俺は右目から一粒だけ涙を零しつつも（⁉）、茜色に染まる空を見上げるのだった――。

　そうして俺が落ち込んでいたら、隣から「ふう……」と、熱い息を吐いた音が聞こえてくる。なので自然、そちらに目を向けてみると……俺と目が合った妻川さんが、火照った自分の顔をぱたぱた両手で仰ぎながら、こう口にした。

「揉んでいいよ、って自分から言ったのに、なんか、夜田に断られたら少し安心しちゃったかも……あはは……」

「そう言うってことはつまり、実は妻川さんは、おっぱいを揉まれたくはなくて――だから俺が揉む方を選択してたら、あなたに怒られていたのでは……いや罠かよおおお！」

「ちょ、罠じゃないって！　たぶん、ほんとに揉ませてはいたんじゃん？　――夜田におっぱい揉まれながら、ちょっとだけ泣いちゃってたかもしんないけど」

「それ、揉んでる俺がすげえ悪く見えてしまうのでは⁉」

「うーん、なんでだろ……なんか、どっかで無理してたんかな？　あたしちゃんと、夜田に揉まれてもいいって、マジで思ってんだよ？　つか、むしろあんたに揉まれたいって気持ちも、きっとなくはなくて――でも、いま夜田に揉まれたらそれは、体を求められただけだから、それで悲しい気持ちにもなっちゃったのかも……」

「………」

「や、こんなこと言ってもわかんないよね？　てか、あたしもよくわかんないし……友達同士なら、おっぱいを揉まれたいなんて、思わない筈なのにな……なんかあたし、今日おかしいかも……」

「それは本当にそうだな！」

「いや否定しろよ」

どこか思い悩むような表情をしていた妻川さんはそう言ったのち、いつもの笑顔になって俺の肩を優しく殴ってくる。……妻川さんのちょっとしたジョークがどうして、俺や彼女の在り方を少しばかり揺さぶる結果になったのか、どうにも謎だった。

そんなこんなをしているうちに、時刻は午後六時の少し手前。妻川さんはこのあとモデルの仕事があるらしいので、だからそろそろ帰った方がいいのでは……と俺が思っていたら、彼女は沈みゆく夕日を見つめながら、零すように、ぽつり、と呟いた。

「……まだ、好きになってないから――」

それがどういう意味の言葉だったのか、俺にはわからない。

ただ、それを呟いた時の妻川さんの横顔は、オレンジ色の落陽に照らされて、見惚れるほど綺麗だった。

第十話　ギャルとパン屋

妻川と一緒に下校した日から、また数日後。

よく晴れた土曜日の、午後二時過ぎ。

「お買い上げ、ありがとうございましたー！」

俺はいま、与野本町駅から歩いて十分(じゅっぷん)程度の場所にある、『パンのなかまち』という名前のパン屋さんで、アルバイトをしていた。

どうして今日は普段働いているコンビニではなく、町のパン屋さんでアルバイトをしているのか……その経緯を語るには、昨日の回想から始めるのがいいかもしれない――。

という訳で、昨日の放課後。

帰宅しようとしていた俺が、一年Ｄ組の教室を出たら。

「あ、夜田くん！　ちょっといい？」

部室にいる時とはどこか様子が違う仲町(なかまち)に呼び止められ、こんなお願いをされた。

「急でごめんなんだけど……明日、私の実家のパン屋さんで、一日だけバイトをしてくれないかな？」

「え……本当にいきなりだな？」

「実は、明日来る予定だったバイトの子が急に来れなくなっちゃって……だからお父さん達も代わりを探してたんだけど、全然見つかんないってなっちゃってね？　だからさっきラインで『友達に聞いてみてくれ』って私に頼んできたんだけど……でも私、学校で頼れる人って言ったら、夜田くんと雛ちゃん先輩しかいないから——お願い、夜田くん！」

正直な話、最初は断ろうと思った。

でも、仲町の困ったような顔を見ていたら、彼女を助けてあげたい、ではなく——大した理由もないのに『助けない』のが申し訳ない、という気分になってしまった俺は、彼女にバイト承諾の返事をするのだった。

「ありがとう、夜田くん！　やっぱり持つべきものは友達だね！　えへへぇ」

「……どうでもいいけど仲町。なんかお前って、部室にいる時とそうでない時で、だらけ具合に差がある気がするんだけど……もしかしてお前、普段の学校生活では割とシャキッとしてるのか？」

「ええー？　そんなことないよー」

俺の質問に対し、仲町はわざとらしく眠たげな目になって、そう答えるのだった。

そうして、短い回想は終わり——こういう経緯で俺は現在、仲町のご両親が経営しているパン屋で、一日アルバイトをしている訳だった。

担当しているのは主に、お客さんが買ったパンの袋詰めや、足りなくなったパンの補充といった雑務で、午前九時からいまの時間……午後二時に至るまで、一時間の休憩は挟みつつも、割と絶え間なく稼働(かどう)していた。

そんなこんなで、店内にいた最後のお客さんを見送り、俺が一息ついていたら……レジの方からたたたっと小走りで、『パンのなかまち』というロゴが入ったエプロンをつけた仲町がこちらに駆け寄ってきたのち、俺にこう言った。

「夜田(よだ)くん、今日は本当にありがとね－。すっごい助かってる！」

「正直、いきなりのヘルプじゃできることが限られてるから、あんま助けになれてる感じはしないけどな」

「そんなことないよ－。これなら私は働かなくてもいいんじゃないかってくらい、夜田くんは頑張ってくれてると思うよ？　……というか私、もう働きたくない－。ヘルプの夜田くんに全部任せて、お仕事上がりたい－。私のぶんも夜田くんに働いてほしい－」

「なんて真っすぐに自堕落な言葉なんだ……でも意外だったけど、仲町ってこの仕事してる時はめちゃくちゃキビキビ動くのな⁉　俺、仲町といったら、部室でごろごろしてるイメージしかなかったから、すごい驚いたわ……」

「あはは－、子供の頃からお店を手伝わされてるからねー。仕事を覚えない訳にはいかなかったのです。……うう、漫研の部室にいる時の私が、本当の私なのに……できることならバイト中も、横になっていたいよー。床にお布団を敷いて、そこに寝そべった状態で『いらっしゃいませー。本日のおすすめはベーコンエピですー』って接客したいー」

「どんなパン屋だよそれ。店員が横柄にもほどがあるだろ」

「パン屋さんだって、働き方改革していかないとね」

「そこまでの改革はどの業界にも起きてねえよ」

ようやく忙しくない時間ができたので、そんな風に二人で立ち話をしていたら……からんころん、という音を響かせて、新たなお客さんが入店してきた。なので、俺が反射的に「いらっしゃいませー」と言いながら、入り口の方を見やると——そこには。

「え……は？　な、なんで仲町ちゃんと……夜田が……？」

白のニットワンピに抑え目のメイクをした、私服姿の妻川さんと。

そんな彼女と同じくらいオサレな服装をした、妻川さんよりちょっと年上っぽい、化粧濃いめのギャルが、二人並んで立っていた。

その光景に驚き、「な……」と声を漏らす俺。そうして、突然の出来事に俺も妻川も戸惑いを隠せない中、仲町が元気な声でこう言った。

「あ、いつかのギャルちゃんだー。いらっしゃいませー！」

「……いやいや、意味わかんないんだけど。あたし、お気にのパン屋に、ママと一緒にお昼買いに来ただけなのに――は？」

えっ……ママ⁉　驚愕した俺は再度、妻川の隣にいるギャルに視線を向ける。

そこには、彼女の姉にしか見えない、若々しい女性が立っていた。……えっママ⁉

「えへへぇ。『お気にのパン屋』って言って貰えるの、嬉しいなー。ここ、私のお父さんとお母さんがやってるパン屋さんなんだー」

「え……ああ、なる⁉　そっか、『パンのなかまち』って、仲町ちゃんのご両親のお店だったんだ。……で？　夜田はなんで、ここで働いてるわけ？」

「そ、それは、ええと――」

「急にいつものバイトの子が来れなくなっちゃって、だから今日だけヘルプに来てもらったんだー。夜田くんは優しいから、快くオッケーしてくれたんだよー。ねー？」

「あ、ああ……まあ、そんな感じだ……」

「……ふーん？」

妻川は訝しむような顔でそう言いながら、エプロン姿の俺の全身を舐めるように見つめる。……何故か蛇に睨まれた蛙の気持ちがわかった。なんででしょ？

疑問に思っていたら、妻川の隣にいる彼女のお母さんが、子供みたいに目をパチクリさせたのち、妻川さんと俺の顔を交互に見やりつつ、こう言ってきた。

「澪奈……この子ってもしかして、最近あんたがよく話題にしてる、夜田くん？」

「ちょ、ママ……あんま余計なこと言わないでくんない？」

「あー、そういうことか。じゃ、ママに任せとけ！」

妻川さんのお母さん——らしいけど、どこからどう見ても高校生の娘がいるようには見えない彼女は、妻川に向かってきゅんポーズをすると、こちらに向かって歩いてくる。

それから、俺と仲町の前で立ち止まった妻川ママは、陽気な声で言った。

「どーも、澪奈のママの玲華でーす。二人とも、澪奈のお友達でしょ？　よろしくねー」

「よろしくお願いしますー」「は、はあ……よろしくお願いします」

「てか、お前が涼助か！　案外かわいい顔してんじゃん。これからもうちの澪奈と仲良くしてあげてねー？　この子、友達はいっぱいいるけど、本当に気に入ってる子にはめっちゃ甘えたがりだから、そのうち鬱陶しくなるかもしれないけど、嫌わないでやって？」

「……おいママ？」

「つか、スタイルいいでしょこの子。――あたしに似たのよ。まだまだいい女になるから、もしよかったらもらってくれる？　そんで、可愛い孫の顔をあたしに見せてね！」

「ちょっとママ！」

俺に絡んでくる妻川ママを制すように、妻川がそう怒鳴った。……何というか、圧巻だった。見た目、喋り口調、所作――雰囲気の全てに陽を感じる人だ。これもう陽キャっていうより、彼女が太陽そのものだろ……直視するだけで目が焼けそうだわ……。

俺がそんなことを考えていたら、陽オーラが半端ない妻川ママは頬をポリポリ掻きながら微笑すると、仲町に対して体を向けたのち、こう尋ねた。

「ところで仲町ちゃん、あたしもうお腹ぐーぺこなんだけど、今日おすすめのパンとかある？　もしよかったら、あたしに教えてくんない？」

妻川ママはそう言いながら、自然な所作で仲町の肩を抱くと、パンが陳列されている場所に彼女を連れていく。それを受けて仲町は「今日のおすすめですかー。もちろん、全部おすすめなんですけど、お父さん曰く――」と、妻川ママにパンの説明を始めた。

「「…………」」

そうして、その場に残されたのは、俺と妻川さんの二人だけ。

どこか気まずい空気が流れる中、彼女はふいにバッグからスマホを取り出すと、急に電子書籍を読み始める。それを見た俺はつい、彼女に尋ねてしまった。

「……いきなり電子書籍を読み始めて、どうしたんだお前……」

「別にー？　ちょっと不愉快な気分になったから、自分の機嫌を取るために、大好きなラノベを読んでるだけだけど？」

「ふ、不愉快な気分……？」

「あー、ラノベ読むのって楽しいなー。ストレスが緩和されるなー。これなら、ちょっとムカついたから言いたくなっちゃったことも、そのうち飲み込めるかもなー」

妻川さんは棒読みな口調でそう言いながら、スマホで電子書籍を読み続ける。

けれど、しばらくして「……はあ。でもやっぱ、こんなメンタルで雑に読んじゃうのは作者さんに失礼だし、だから言おっかな……」と漏らした彼女は、スマホをバッグにしまったのち――俺の耳元でぼそっと、こう呟くのだった。

「浮気してんじゃねえよ」

「だ、誰とも付き合っていないのに浮気とはいったい……⁉」

心底驚いた俺が妻川さんの方を見ながらそうツッコむと、彼女はどこか困ったような表情を浮かべたあとで、沈鬱げに顔を俯けた。

「だよね。別に夜田、浮気なんかしてないもんね……それなのに、あたし……はあ……マジでないかも……」

「い、いきなりどうした……？」

「……だいたい夜田は、澪奈の彼ピって訳じゃないのに……だけど、なに？　あたしいま、すげー面白くない気分になっちゃってる。つか、ふつーにイラついてんだけど……」

「…………」

妻川さんはそう言うと、ネイルのついた指で自身の毛先を弄りながら、苦み走った表情を浮かべる。……それはどこか、懺悔に近いものがあった。

だって彼女は、根が優しい女の子だから。

こんな醜い感情を抱くべきじゃない、がまず先にあって、それでも抱いてしまっている自分に対する、嫌悪の念があるのかもしれない。だからその告白は、教会を訪れた罪人が神父に語るそれに、少しだけ似ていた。

「ていうか夜田は、仲町ちゃんを手伝うために、一緒にバイトしてるだけじゃん？　でも、きっとそれだけなのに、あたし――本当にそれだけなのかな？　って、超思っちゃってるもん……もしかして夜田は、仲町ちゃんだから手伝ってあげたんじゃないの？　仲町ちゃんだって、他の誰でもない、夜田だから手伝って欲しかったのかもしんない……そんなのを考えてる自分が、マジで嫌かも……」

「…………」

「あたし以外の女と一緒にいないで、なんて、マジで言う権利ないんだよ……だいたいあたし、男と二人っきりで出掛けたりはしないけど、男友達何人かを含めたみんなで遊んだりは全然してるし？　それなのに、夜田にだけそれを求めるとか、ズル過ぎじゃん。そういう関係にもなってないのに、おかしいよ……」

「…………」

「や。つか、なんか話し過ぎてるよね、あたし……でも、言わないと我慢できなくなってんのはそうかも。——ねえ。あんま、他の女と仲良くしないでよ。もし夜田が仲町ちゃんとエロいことがしたいんなら、あたしに言って？　あんたが、あの子にしたいこと——あの子とじゃできないことも、代わりに全部、あたしがしてあげるから。……だから、お願い。欲しがるのはあたしだけにしてくんない……？」

「つ、妻川さん……？」

「——とか？　言うだけ、言ってみたりして……あははー」

小さい声でぼそぼそと情緒不安定なことを呟いた彼女は、最終的に自身の発言をそうやって茶化すと、どこか無理やりな感じで笑った。……正直、リアクションに困る発言のオンパレードだった。もしかして彼女、俺のことすげえ好きなのでは……？

そうも考えたけど、それは好意というよりは、ちょっとした『独占欲』なのかもしれないな……俺のお姉ちゃんが家に彼氏を連れてきた時に、俺が感じる『面白くなさ』と、同じような感情というか……。

俺がそんな風に思案していたら、顔を赤らめた妻川さんは居住まいを正して再度俺を見つめると、こう続けた。

「まあ、こんな恥ずいこと、夜田には絶対言えないんだけどな！」

「いやあの、妻川さん？　あなたいま、抱いた感情を全部口にしてましたけど？」

「あああ、ヘラってる……あたしいま、完全にヘラってるわこれ……でもまあ、別に嘘じゃないからいっ……ヘラってんのはマジだけど、どれも本心だから――夜田は、あたしがこう思ったことだけ、わかっとけな？」

そう言いながら、俺の肩をいつものようにパンチする妻川さん。しかし、今日のそれはいつもと違って力がなく、ぽふ、という優しい音を出すだけだった。

「…………」

彼女、俺程度の相手に執着しすぎでは……？

こんな妻川さんが彼ピなんか作ろうもんなら、束縛がヤバそうだな……スマホに入ってる女子の連絡先とか、全部消されてしまいそう。やめてえ！　バックアップとかしてないから、勝手に消さないでえ！

……………えー、地の文の途中ですが、ここで訂正です。夜田涼助氏は先程、あたかもスマホに女子の連絡先が複数入っているかのようなリアクションを行いましたが――それは誤りです。俺のスマホには、妻川さん以外の女の子の連絡先は一切入っていません。男の子らしい見栄を張ってしまいました。謹んで謝罪申し上げます。

そうして、妻川との会話が途切れたタイミングで、妻川ママが手を振りながらこちらに駆け寄ってきた。……何度見ても母親とは思えない若さの彼女は、いくつかのパンが載せられたトレイを妻川さんに見せながら、無邪気に喋りかけてくる。

「どう？　澪奈。姫子ちゃんのオススメはとりま買ったけど、あとなに食う？」

「……や、あたし、四つもパン食わんし……これで十分だって……」

「は？　お前、いつももっと食うじゃん。ここのパンがめっちゃ好きで、あたしがそんな食べたら太るっつってんのに、最低でも六個は食べるでしょ？　――涼助の前だからって遠慮せずに、好きなの選びな？」

「ちょ、黙れっつの……！」

にこにこしながら娘の食いしん坊をバラす妻川ママに、妻川さんは顔を真っ赤にしながら肩パンする。この親子、友達みたいな関係だな……なんかほほえましい……。

それから、妻川親子はそこにパンをもう二個足すと、それらをレジに持っていく。仲町がその会計をしている間、減ったパンの補充に俺が動こうとしたら……ふいに、俺のエプロンの裾をぎゅっと摑んだ妻川が、小声で尋ねてきた。

「ねえ。夜田って今日、何時終わりなん？」

「今日は一応、十七時終わりの予定だけど……」

「ふうん。あっそ」

「……そっちが聞いといて、その態度はどうかと思いますよ？」

そんな会話を妻川としているうちに、妻川ママが会計を終えたので、親子はそのまま店を後にする——その際、妻川ママがこちらに向かって「またなー、涼助、姫子ちゃん！こんどウチおいでー！」と言いながら、愛想よく手を振ってくれたけど……娘の方はこちらを一瞥するだけで、いつものように手を振ってはくれないのだった。

「それじゃあ、お疲れ様でしたー」
「うん、お疲れ様……」「お疲れ様！　本当にありがとうねー！」
妻川親子が店を後にしてから、約三時間後——午後五時過ぎ。

客足もだいぶ落ち着いてきたので、「もう上がっても大丈夫だよ」と仲町の母親に言われた俺は、ご両親に仕事上がりの挨拶をして、店を出ようとする。

そしたら、未だエプロン姿の仲町が俺のそばにやって来て、こう言った。

「今日は本当にありがとう、夜田くん！　今度、私のだらけたい欲求が、夜田くんにお礼しなきゃという義務感に勝った時には、お給料とは別に、個人的なお礼もするね？」

「そんなに薄い義務感でするお礼ならいらねーですよ？」

「ふふっ。……でも、本当にありがとう。正直な話、私は友達が少なくて……だから昨日、夜田くんに断られたらもう他に頼れる人なんていないしどうしようって思ってたので、引き受けてくれた時、すごく嬉しかったんだー。夜田くんはやっぱり、頼りになるね！」

「い、いや……俺なんか、ちょっと手伝っただけだから……」

「助けてって言ったら、ちゃんと助けてくれたのが嬉しかったのです。――またねー。また部室で、一緒にごろごろしよー！」

「部室はごろごろするための場所ではないんですけどね！　……じゃあ、また」

どこか上機嫌な仲町に見送られつつ、俺は店を出る。外に出ると、もう空が茜色に染まっていて、一日の終わりをしみじみと感じた。……今日はずっとバイトしてたなー。でもまあ、そのぶん給料は弾んでもらったし、これでまたラノベでも買いますか！

思いながら、俺が大きく伸びをしていたら、どこからか視線を感じた。

なので、俺が辺りを見回すと……歩道の縁石に座りながら、こちらを見ている女の子がいるのに気づく。しかも、その子をよくよく見てみれば——そこにいたのは。

数時間前に退店した筈の白ギャル、妻川さんだった。

「え……妻川さん？」

予想外の光景に驚き、思わず声を漏らす俺。一方、俺が店から出てきたことに気づいた妻川さんは、小走りでこちらに駆け寄ってくる。それから、彼女は俺の前に立って小さくはにかむと、「よ」という言葉と共に、俺の肩をぽんと触るのだった。

「……あの、妻川さん？ こんなとこでなにしてんの……？」

「や、別に？ 偶然通りかかったから、話しかけただけだけど？」

「偶然通りかかったというよりは、仕事終わりを待ち伏せされた感がすごいんだけど」

「ま、なんでもいいじゃん。夜田、帰り電車でしょ？ 駅まで一緒に歩こ」

妻川はそう言いながら、俺の隣にすっと並び立つ。……意味がわからない。どうして妻川さんは俺のバイトが終わるのを、ここで待っててくれたんだ？

俺が疑問に思っていたら、彼女は目線を地面に落としながら、口を開いた。

「あたしん家、ここの近くでさ、よく『パンのなかまち』には来てんだよね。だけどまさか、あんたに紹介された仲町ちゃんが、あのパン屋さんの娘さんだったとは……」

「ああ、妻川さんの家って、ここから結構近いのか……それじゃあ、この辺を通りかかるのも、わからなくはないな……」

「うん。わからなくはないっしょ？　だから、通りかかっただけだから、うん……」

そんな会話を交わしつつ、俺と妻川さんは二人並んで歩道を歩いた。

――普段だったらあまり気にならない、アスファルトと靴が擦れる音が不規則なリズムを刻む。こっちはスニーカー、向こうはヒール。種類の違うこつこつという音だけが、俺達の足元から鳴り響いていた。

「「…………」」

そうして、どこか気まずい沈黙が二人の間に落ちる。……いつも彼女が会話を盛り上げてくれているから気づかなかったけど、妻川さんが黙ったらこうなるんだな……。

というか彼女、何故(なぜ)か数時間前に着ていた服（白のニットワンピ）から、黒いキャミソールにダメージジーンズ、白いブーツに白のショート丈カーディガンという装(よそお)いに変わってるんだけど……一日のうちに服装を二ポーズ目に着替えることある？　それ、洗濯物が多く出てお母さん大変じゃない？

なんて考えていたら、妻川さんがふいに、どこかぎこちない表情でこう言ってきた。

「……ラノベしりとり、『り』──『りゅうおうのおしごと！』」

「いきなり謎のゲームを始めて、どうしたんだこいつ……」

「「…………」」

「や、夜田のターンなんだけど、ラノベしりとり……」

「ああ、そっか。そりゃ俺のターンだよな……ええと、『と』？　『と』って何かあったっけ……あ！　──『時々ボソッとロシア語でデレる隣のアーリャさん』！」

「…………終わったけど？」

「……すまん。俺いま、すげーナチュラルにミスってしまいました……」

「「…………」」

　そうして再び、二人の間に静寂が訪れる。

　……なにこの時間。つらすぎてつらいのだが？

　俺がそう思っていたら、隣にいる妻川が突然「はあああ〜〜〜」と、盛大なため息をついた。もしかして、俺のしりとりミスに相当ガッカリしたのだろうか……なんて不安を抱いていたら、彼女は首を左右に振ったあとで、どこかふっきれたように続けた。

「やっぱ自分の気持ちを必死に隠したまま、夜田といつもみたいに一緒にいるなんて無理だから、言っちゃうわ。──実はあたし、夜田のバイトが終わんの、外で待ってたんだよね。もちろん、十七時に終わるって聞いてたから、それまではお家にいて……十七時ちょい前からパン屋さんの前で、あんたを待ってたんだよ」

「ど、どうして、そんなことを……？」

「…………」

俺に尋ねられると同時、静かに歩みを止める妻川さん。なので、俺も彼女に合わせて足を止めたら、妻川は俺の顔色をちらっと窺うと、頬を赤らめて──口にする。

その言葉はなんだか、彼女らしくない、しおらしい声音で紡がれた。

「きょ、今日、あんたが最後に一緒にいた女の子が、仲町ちゃんになっちゃうのが……嫌だったから……」

「…………はい？」

彼女の言葉の意味がわからなくて、俺は素でそう聞き返してしまった。そしたら妻川さんは、かあああああっ、と頬を蒸気させたのち、俺から逃げるように顔を逸らす。──夕日に照らされているのも相まって、彼女の横顔は熟れた林檎のように赤らんでいた。

「……あーキモい！　あたしマジでキモすぎ！　何でこんな風に思うわけ⁉　意味わかんないだけど！　普通に嫉妬するよりキモいでしょこれ！　……それなのにどうして、夜田のこと待っちゃったんだろ……待たないと嫌なんて、そんな風に思ったし……」

「え？　あの、妻川さん？　正直、よく意味がわかんないんだけど……」

「うん、あんたにはわかんなくてもいいよ。——だってこの気持ちは、あたしだけわかってればいいんだから。夜田や誰かの共感なんか求めてねーし。これは誰かに理解されたい種類の感情じゃなくて、あたし一人が抱きしめて、大切にしてるものだもん。……まあ、乙女すぎてキモいのはそうだけどな！　きゃー！」

彼女はそう叫びながらその場でうずくまると、赤らんだ顔を両手で隠した。……パン屋で突然キレてきたり、いきなり照れてその場にうずくまったり、情緒不安定かこいつ。

「………………」

つまるところ、妻川は俺のことをどう思っているのか、よりわからなくなった。

……決して、嫌われてはいないと思う。俺は彼女の友達にはなれないけど、彼女は俺のことを友達と、そう思ってくれている感じはあった。——でもそれなら、彼女は『ただの友達』である俺に対して、よくわからない執着をし過ぎではないだろうか？

そこまで考えたところで、俺は一つの仮説に行き当たる……そうか。もしかしたら妻川さんは、自身の友人に対して割と執着するタイプなのかもな。

要するに、俺だけが特別なんじゃないんだ。そうじゃなくて、妻川さんはそこそこ仲のいい友人に対しては結構、こうなりがちな女の子なのである。

そう思ったらなんだか、胸の奥の方にある何かが軽くなった気がした……三次元の女の子は理解ができないから怖いけど、こうして俺なりの解釈に彼女を落とし込むことでようやく、俺はちょっとだけ安心できるのだった——。

そんな思索を一人でしていたら、うずくまっていた彼女が急に立ち上がり、「つか、さっさと駅まで行こ？」と、俺に催促してきた。……先に立ち止まっていたのは妻川の方だけどな、という抗議は内心だけでしつつ、俺達は再び駅の方へと歩き出す。

そんな折、彼女は俺にギリギリ聞こえるくらいの声量で、こう呟くのだった。

「なんで夜田にだけ、こうなっちゃうんだろ……」

「…………」

——いまさっき出した俺なりの回答が、がらがらと音を立てて崩れていく。

やっぱり、オタクがギャルという稀有な存在をちゃんと理解するには、あと十年は早いということらしかった。……誰かギャルの全てを記した書物、『ギャル解体新書』を早く出版してくれねえかな。じゃないと俺、妻川さんのことを一生理解できねえよ……。

それから、俺と彼女はそのまま大した会話もなく、最寄りの与野本町駅に到着。どうやら妻川さんは本当に俺をここまで送ってくれただけのようで、俺が駅の改札に入るのを見届けると、彼女はこちらに向かってギャルピースをしながら、こう言うのだった。

「じゃあ、またなー。——今度、あたしの実家のパン屋も手伝ってねー！」

「お前の実家がパン屋なんて聞いたことねえよ」

俺のそんなツッコミを受け、彼女は楽しそうに笑ったのち、踵を返して来た道を戻る。

それを見ながら、俺は……どうして妻川さんは、こんな短い帰り道を俺と一緒に歩くためだけに、わざわざ店の前で待っていてくれたのだろうと、改めて考えてしまった——。

『きょ、今日、あんたが最後に一緒にいた女の子が、仲町ちゃんになっちゃうのが……嫌だったから……』

「…………」

妻川さんがふいに零したその言葉が、頭の中をリフレインする。

結局のところ、彼女がそう言った真意はわからなかったけど、でも——それを言って照れている彼女がどこか、恋する少女のように可愛らしい表情をしていたことだけは、女心のわからない俺でも、わかったのだった。

第十一話　ギャルとプチ家出

仲町のパン屋を手伝ったあの日から、六日後。

とある金曜日の、深夜零時半過ぎ。

両親が寝静まったあと、リビングのソファに座ってバラエティ番組を観ていたら……そんな俺の隣に、ぼふっ、と。風呂上がりの彼女が座ってきた。

「どう？　最近。学校は楽しい？」

彼女の名前は夜田朝子。現在、大学三年生で、学校では映画研究会に所属するほど映画を観るのが大好きな、俺のお姉ちゃんだ。

そこそこ整った顔立ち、壊滅的な胸のサイズ、さしてスラリとしていない体形の彼女は……何故か大学ではそれなりに人気で、友達も多い陽キャもどきである。根っこの部分は俺と同じ陰キャなのに、それを取り繕って周囲に合わせるのが上手い人で、俺は彼女のそういうところを尊敬していたり軽蔑していたりする。軽蔑してやるなよ。

そうして俺は、姉の質問――「最近、高校生活は楽しい？」に対して、こう答えた。

「つつがない」

「つまんない返事！　……でも、最近の涼くん、割と楽しそうに学校行ってる感じがするけど。何かいいことでもあったんじゃないの？」

「………無視をします」

「無視を宣言しちゃったら、それは無視してないんだよなあ……でも、そっか。つつがないなら、お姉ちゃん、心配しなくてもいいね」

口うるさい姉はそう言って俺から視線を外すと、テレビの画面に向き直る。……俺のお姉ちゃんは俺に対して過保護なところがあって、それがありがたかったりやっぱり鬱陶しかったりした。どうも、身内を素直に肯定できないマンです。

そのまま、二人でリビングに座って、バラエティ番組を観ていたら――ふいに。

自分でもよくわからないけど、こんな質問が俺の口をついて出た。

「なあ。男女の友情って、成立するのかな？」

「……いきなりどうした。お年頃か？　青春してんのか？」

「違えよ。……最近読んだライトノベルに、男女の友情を扱ったやつがあってな？　それでちょっと、気になっただけだ」

「ああ、なんだ二次元か……てっきり、私の弟にも、そんな青春っぽい悩みを抱くような相手が現れたのかと」

そう言って残念そうな顔をする、俺のお姉ちゃん。

……別に、嘘は言っていない。実際、妻川と出会って以降、気づけば俺は男女間の友情に焦点を当てたラノベを優先的に読むようになってるしな。——現実で直面している問題について、ラノベから学びを得ようとしてないか、このオタク……⁉

自分で自分にそうツッコみつつ、俺は話を続ける。妻川には絶対に言えないけど、家族になら言える本音が、そこには詰まっていた。

「俺は、男女の友情は成立しないと思ってる」

「そうなの？　その心は？」

「男は女を、女は男を、どうしたって性的な目で見てしまうからだ。……ぴったり『ずっと友達でいたい』って感情をお互いがお互いに持ち寄って、友達でい続けるのなんて無理な話なんだよ。だって、俺達は異性なんだから。ずっと一緒にいたら好きになるし、好きにならない適度な距離を置いてしまったら、それはもう友達とは呼べない——つまり、男と女が純粋な友達として一緒にいるには、男女のどちらか、もしくはどちらもが……『本当は相手のことが好きだけど、友達という枠組みで我慢する』必要があるんだよ」

「……ねー涼くん。もしかしなくても、仲の良い女友達できたでしょ？」

「なななななんでいきなりそんな話になるんだよお姉ちゃん！」

「わー、久々に『お姉ちゃん』って呼ばれたー。嬉しー。そして動揺がわかりやすーい」

俺の発言にわざとらしく呆れたような顔をして、姉はそう言った。それから、彼女はどこか嬉しげに微笑すると、俺の肩をぽんぽん叩いたのち、こう続ける。

「でもさ……いま涼くん、男女の友情は我慢しなきゃ成り立たない、って言ったけどさ、我慢をすることで成り立たせられるのなら、それは友情なんじゃない？」

「……そ、それは……」

「まあ、涼くんが言ってることも、別に間違いではないんだけどね？　ではここで、男女の関係で悩める涼くんに、お姉ちゃんが答えを授けてしんぜよう。――男女の友情は成立するよ。でもそれは、お互いに好きな異性が別にいるような、男女の友情が成立する二人だから成立するのであって……成立しない二人も、きっと、この世界にはいっぱいいると思う。それは、悪い意味じゃなくてね」

「………」

「どうなの？　涼くんとしては、その子と――お友達になりたいの？」

姉に言われ、俺はしばし考え込む。

そうして、長い沈黙があったあとで、俺の口からようやく出たそれは……答えと呼んでいいのかわからないほど、弱々しいものだった。

「……友達になっていいって、そう思えない……」

「うわ、まさかその段階で躓いているとは……これは相手の子が大変だわ……！」

俺の姉はそう呟きながら、額に手をあてて天井を仰ぎ見る。非常に不愉快なリアクションだった。やめろ、弟の拗らせ具合をイジんな。こちとら繊細なんだよ。

そんなことを思った俺が、姉に反論しようとしたら、その瞬間――ブブッ、と。テーブルの上に置いていた俺のスマホが短く震えた。なのでスマホを確認してみたら、そこには……妻川からのこんなメッセージが表示されていた。

『今日、夜田ん家泊まっていい？』

予想だにしていなかった文面に、俺は驚いて目を見開く。

一方、そんな俺を見た姉はちょっとにやけながら、能天気な声でこう言うのだった。

「あんまラインし過ぎたら嫌われちゃうから、気を付けないとだよ？」

いや、俺じゃないから！　向こうがすげえラインしてくんだよ！

それから、慌てて妻川さんに『どうした？』と返信した俺は、何回かのやり取りを経た結果、俺ん家からほど近い小さな公園で、彼女と会うことになった。

自転車をできるだけかっ飛ばし、住宅街の中にぽつんとある公園に五分ほどで辿り着いた俺は、そこにいるらしい妻川の姿を探す。

そしたら、そこには——。

「……ぐすっ……」

寂びれたブランコに腰掛けながら、泣きはらした赤い目で地面をじーっと見つめている、妻川さんの姿があった。……こんな弱ってる彼女、初めて見るな……。

思いつつ、俺は自転車を公園の中に停めると、妻川さんに駆け寄る。すると、俺の到着に気づいた妻川も、ゆっくりとこちらに歩いてきた。そのまま、公園の中央で彼女と対面したら——妻川さんはいきなり、俺にがばっと抱きついてきた。

「うわあああっ⁉　つ、妻川さん……⁉」

「うううっ……夜田ー……！」

自然、俺はテンパってしまったけど、そんな俺には一切構わずに、彼女は縋るように俺を抱きしめた。——俺の腰に腕を回し、胸元に顔を埋める。「夜田、夜田ー……」俺の名前を何度も呼びながら、泣き濡れた顔を俺の胸に擦りつけてくる。それは、子供が何かしらの悲しみに耐えるために、母親に泣きつく姿を彷彿とさせた。……こんな風に抱きつかれたんじゃ、さすがに振りほどけないな。

そうして、三次元の陽キャギャルに抱きつかれ、当然ドキドキはしてしまいつつも……そんな状態で棒立ちし続けること、五分弱――ふいに、彼女は抱きついていた俺から離れると、涙で化粧が崩れた目元を拭ったあとで、こう言った。

「来てくれて、ありがと……」

「そ、それはいいけど……何で、あんなラインを？」

「全然、大したことじゃないんだけど……家出してきた」

「めちゃくちゃ大したことだろそれ⁉」

俺は声を出して驚いたのち、「と、とりあえず座るか」と、すぐそばにあったベンチへと彼女を誘った。そうして、未だぐすぐす泣いている妻川をベンチに座らせたあとで、俺もその隣に距離を空けて腰掛けながら、こう尋ねた。

「な、何があったんだ……？」

「……今日さ、みるる先輩の誕パがあってね？　だからしずしー先輩達がダーツバーを貸し切って、それで盛大に祝ったんだよ。パーティにはりせりちゃんとか、みーなりんとか来てて……かなちゃむもめっちゃセンスいい誕プレとか用意してて、最高の誕パだったの。んで、夜の九時くらいかな？　しずしー先輩が『もういい時間だし、高校生組はとりま帰んなー』って言って、だから、やだあたしらもっとみるる先輩祝う！　って言っても全然許してくんなくて、でもそれはしずしー先輩なりにあたしらを気遣ってくれてんのがわかってたから、あたしを含めた未成年組は電車乗ってみんなで帰ったんだよ」

「うん」

「でもさ、やっぱテンアゲだったから、みんなで駅近くのマック行ってダべったりして、つかかなちゃむが昔付き合ってた男がヤバいダメ男で、平気でかなちゃむの財布からお金盗ってんのに、でもイケメンだから許せたんだよなーとか言ってるかなちゃむヤベーよって話もしたし……ならあたしの男の方がいいからって言っても、かなちゃむ達にはあんま伝わってなかったから、あれはあたしの話し方が悪かったのかな……でもまあ、あたしは好きぴを確信してるから別にいいんだけどね。誰にもわかってもらえなくても、愛があるって自分でわかってればそれでよくね、って言ったら、それなーってめっちゃなったし」

「……うん……」

「てか、ふうみが夜中なのにビッグマックいってて！　お前マジバカだな、それでもプロのモデルかよーってみんなで笑ったけど、そのうち、ふうみっていつもカロリー気にしないで食事してんのに、それでもその体形維持できてんの羨ましすぎなんだけど！　ってゆぴこが言ったんだよ。つか、不公平じゃない？　あたし、食べたら食べただけぜい肉になっちゃうのに、なんでふうみはそうならないの？　そのことをあたしがふうみに聞いたら、

『みおな先輩食い過ぎなんじゃないですか』って、食い過ぎなのはおめーだろ！　みたいな。あの話してる時だけはマジでみんな、ふうみが羨ましすぎてイラついてたかんね？　かなちゃむなんかノリで自分もポテトいって、あとで後悔してたし。明日にはでぶちゃむじゃん、って言ったらマジでキレられたから、必死で謝ったりもしたなー」

「……あの、妻川さん？　非常に申し上げにくいのですが、もっとその……要点だけ話してくれます……？」

「……え。夜田めっちゃ酷くない……？」

「ああっ、悪い妻川さん！　これを言うべきじゃないことはわかってたんだけど、でも、あまりにもダラダラダラダラ話してるから、さすがに苦言を呈したくなってな⁉」

「それもフォローになってねーし……ううう……！」

俺のノンデリ発言を受け、既に落ち込んでいた様子の妻川さんは、より沈鬱げな顔になって目を伏せた。……くっ。これだから、女子との会話経験を積んでいない陰キャは！

いまのは絶対、「ギャルの話クソ長えな」とは思いつつも、ひたすらうんうん頷くだけの相槌マシーンになるべき場面だったのに……！

「と、とにかくごめん、妻川さん……やっぱ、ゆっくりでいいから……」

「ううう……夜田がそう言うなら、要点だけ話すっつの……」

そうして、俺の発言からなんとか回復した妻川さんは、悲しげな表情で話を続けた。

「そんで、マックでギャル友とダべってたら、なんやかんやで、家に帰るのが夜中の零時を過ぎちゃって……そしたら、パパにめっちゃ怒られた……」

「そっか……」

「うちの門限は深夜零時だから、いつもそれまでには帰ってたんだけど、今日はそれを破っちゃって……だから、パパに怒られんのもしゃーないな、って思いながら、パパに怒られてたんだけど……パパの奴、『もう許してあげれば？』ってあたしを庇ってくれたママに、『お前の教育が悪いんじゃないか』って、言いやがってさ……それであたし、プツっとキレちゃったんだよね……」

「……」

「あたしの素行が悪いのはママのせいじゃなくてあたしの責任なのにふざけんなよクソジジイって、マジでそう思って……そんな口汚いことをいっぱい言って？　だから喧嘩になっちゃって、そんで……財布とスマホしかない状態で、プチ家出……って感じかな」

「なるほど……それで、あのラインか……」

「……誕パ、マジで楽しかったのに……ほんと最悪……何であたしが最高の気分な時に限って、あのクソオヤジはああいうことするわけ？　マジ家出したい……」

妻川(つまかわ)さんはそう言いながら、涙で潤んだ瞳を再度、両手でくしくしと擦る。

……はた目にもわかるくらい、彼女は弱っていた。泣き濡れたせいで目元から化粧が崩れ、白目は充血している。表情も陰鬱げで、喋(しゃべ)る声にはいつもの溌剌(はつらつ)さが失われていた。

そんな、明らかに助けを必要としている状態で彼女は俺に向き直ると、小さな声でぽしょぽしょと、こんなお願いをしてきた。

「だから、ええと……夜田ん家に泊めて貰(もら)えたら、嬉しいかも……みたいな……」

「…………」

正直な話、無理な相談だと思った。

だって常識的に考えて、高校生男子の家に、付き合っている訳でもない女の子を泊めるなんて、そんなのは間違ってるだろ……恋人同士なら好きにすればいい。そういう関係なら咎(とが)める必要もない。でも、俺と妻川の関係でそんなこと、許されていいのか？

俺がそんな思索を重ねていたら、妻川はわかりやすく落ち込んだ様子で、こう続けた。

「……無理言ってごめんね。でも……いま、一緒にいてほしいから……」

「…………」

「家出して、一人になって、ちょっと泣いちゃって……そのあとで一番に、誰よりも最初に連絡したのが、あんただったの。あたしが悲しい気持ちになった夜に、夜田に助けて欲しいって、心が叫んでて……だから、ラインしちゃったけど……迷惑だったよね……?」

「………」

「大丈夫。あたし、今日はとりま、ネカフェでも何でも使って、一晩明かすから。たまにラインはしちゃうかもだけど、それはまあ……相手できる範囲で、相手してよ」

「………」

「……会ってくれて、嬉しかった。じゃ、また学校でね……」

何も言わない俺を見て、寂しそうな顔の妻川はそう言うと、静かにベンチから立ち上がる。……決して、一人で夜を明かせるような状態ではないのに。彼女はそれでも、俺に助けてもらえないと悟り、一人で公園を出ようとしていた——。

それを見た俺は、胸の奥がずきりと痛むのを感じ、決意する。——それはたぶん、間違った選択だった。

俺と妻川さんは決して、同じ屋根の下で寝ていいような関係じゃない。だから本来であれば、俺の家に泊まりたいという彼女の要求は、はねのけるべきなんだけど……俺はつい、ここで彼女の助けにならない自分を、許せなくなってしまった。

きっとこの感情は、友情や愛情の類じゃない。

だって俺は別に、妻川さんを助けたいから、助けになろうとしている訳ではないのだ。

そうじゃなくて……あれだけ俺に良くしてくれた妻川さんを、助けが必要な状態のまま一人で放り出すという厚顔無恥な行いをしたくないがために、自分にできる限りのことをしようと決めただけである。

つまるところ、彼女を見捨てる、をしたくないから、彼女を助けるだけで──これもまた、俺らしい偽善的な行為でしかなかった。仲町(なかまち)のパン屋を手伝った時もそうだけど、これを純粋な善意として受け取ってもらうことに、凄(すご)い抵抗感があるんだよな……。

俺がそこまで考え終えると同時、泣きそうな顔の妻川さんは俺に背を向け、公園の外へと歩き出した──手を伸ばさない俺のせいで、彼女がまた、一人になってしまう。

それを嫌がった俺は、咄嗟(とっさ)に彼女の手首を掴(つか)むと（!?）、こう口にしていた。

「ちょ……き、聞いてみる、から……」

「──えっ」

「親とかに聞いてみるから。そこ、座っていいよ……」

「……………うううううっ……！」

俺の発言を受け、両の瞳からぽろぽろと涙を溢(あふ)れさせる妻川さん。

一方の俺は、つい掴んでしまった彼女の手首を大慌てで離した。じ、自分から、妻川さんの体に触れてしまった……俺はなんておこがましいことを……そんな風に反省していたら、彼女は泣き濡れた顔のまま、両腕を左右に広げたのち、ねだるような声で言った。

「ぎゅってしていい……？」

「え……だ、ダメです……」

「うううううううううっ！」

妻川さんはそんな、獣のうめき声みたいな嗚咽を漏らしながら、俺にぎゅっと抱きついてくる。そのあとで彼女は、「ダメですがダメです！」と意味不明な発言をした。……許可されようが断られようが、どっちにしろ抱きつく予定だったのなら、なんでわざわざ許可を求めてきたんだこいつ……。

そうして、俺はまたしばしの間、妻川に抱きつかれる……この抱擁は彼女が精神の安定を求めた結果であり、恋愛的な意味を持つそれではないのに、そんなハグにもすげえドキドキしてしまっている俺が情けなかった。この童貞野郎がよ（ただの事実）。

そんなこんなで、数分が経過し……ようやく彼女の抱擁から開放された俺は、「じゃあ、家に連絡してみるわ……」と妻川さんに断りを入れたあとで、姉のスマホに電話した。

「今夜これから、同級生の女の子を家に泊めたいんだけど、いいかな……？」

『――――は？』

……そこから始まった話し合いの末、どうにか両親と姉に宿泊の許可を貰った俺は、改めて妻川さんに向き直る。そしたら彼女も、同じタイミングで誰かと電話をしていたようで、妻川さんはスマホを耳にあてながら、こんな声を漏らしていた。

「……うん、プチ家出みたいな……ううん、大丈夫。夜田にヘルプしたら、夜田が助けてくれてさ。家の人の許可が出たら、泊らせてくれるって……ご、ごめん。そういうつもりじゃなかったんだけど……うん、次はかなちゃむを頼んね？　……ふふっ。さすがに、今日はそんなテンションじゃないから。勝負下着でもねーし。……ん、心配してくれてありがと。愛してんぜ。……うん、そうする。電話めっちゃ嬉しかった。ばいばい」

そうして通話を終え、若干すっきりした表情になった妻川が、俺からの視線に気づく。

それを受けて彼女は小さく笑みを零すと、自身のスマホを指差しながら言った。

「かなちゃむ。あたしのママが連絡したみたいで、心配して電話くれた。……夜田を頼ったって言ったら、『まずあーしを頼れよ』って怒られちゃった。確かにいつもなら、真っ先にかなちゃむに電話すんのに……今日はめっちゃ夜田ったなー……」

「俺の名前を動詞みたいに使うなよ」

そうツッコみつつも、俺は少しばかり考える……でも、そうだよな？　妻川には俺以外にも友達が大勢いるんだから、わざわざ断られそうな俺の家に泊まりに来なくても、誰か他の友人に助けを求めれば良かったのに……どうして、俺なんだ？

そんな疑問を抱いた俺はつい、彼女の顔を見つめてしまう。すると妻川は、俺の不躾な視線を正面から受け止めつつ、涙目で嬉しそうに「ふふっ」とはにかんだ。……ただの強がりだということがわかってしまうその笑顔はどうしてか、いつもより力強く見えた。

「とりあえず、泊ってもいいって許可は出たから……俺ん家、行くか？」

「うん。マジでありがとね……」

「それと、さっき姉に言われて気づいたけど——俺の家に泊まるってことを、少なくとも妻川さんのお母さんには伝えておいた方がいいと思うから、電話だけはしておけな？」

「ん、そだね……つか夜田って、お姉ちゃんいたんだ？」

「ああ、謎に過保護で鬱陶しい姉がな……」

「いいなー、お姉ちゃん。あたしも兄弟や姉妹が欲しいな……」

そんな会話を交わしたのち、妻川さんは早速、母親に電話を掛ける。

……この子、「今日は夜田ん家に泊まる」とかオブラートもなしに言っちゃってるんだけど、それは大丈夫なのだろうか？ 同級生男子の家に泊まると知ったら、妻川パパまたブチギレなのでは？ そこら辺、妻川ママが融通を利かせてくれるといいけど……！

そうして、妻川が俺の家に泊まることになってから、十数分後。

「お、おじゃましまーす……」

途中、コンビニに寄り道なんかもしつつ、俺は妻川を伴って、一軒家である俺の実家に帰ってきた。

ちなみに現在、時刻は深夜一時を回ったところ。なので、あまり足音を立てないように廊下を歩き、彼女をリビングに案内する。そしたら、そこには俺の姉が待っていて……お姉ちゃんはリビングに入ってきた妻川さんを、驚きの表情で見つめていた。

「い、いらっしゃい……えええ、めっちゃ美人なんだけど……何というか、もっとこう、涼くんにちょうどいい感じの女の子が来ると思ってたのに……えええええ？」

「あ、夜田のお姉さんですか？　――初めまして。あたし、妻川澪奈（みおな）って言います。ギャルピース」

「元気がなくてもギャルピースは自然と出るんだなこいつ……」

どこか取り繕ったような笑顔と共にギャルピをする妻川を見て、思わず俺はそうツッコむ。すると、俺の姉は何故（なぜ）かギャルピを妻川に返しつつ、こんな自己紹介をした。

「初めまして。涼くんの姉の、朝子（あさこ）です。これから就活なのがガチで鬱な、大学三年生です。姉ピース」

「姉ピースってなんだよ。そんな気色の悪いギャルピース存在しねえよ」

「気色が悪いってなんだよ。むしろ気色が良いでしょ」

「……なんか、その言葉がもう気色悪いわ」

「まあ、ブラコンだからな、こいつ」「まあ、シスコンだもんね、涼くん」

「……姉弟って普通、こんな仲いいもんなの……？」

妻川はそう呟きながら、訝るように小首を傾げる。……え、姉弟が仲いいのって、割と普通じゃないの？　もしや俺達の関係性って若干キモい？　それに気づいていないのがまたキモい可能性まである？

俺がそんな不安を抱いていたら、お姉ちゃんがソファの上にあった着替えを手に持ち、妻川に渡した――「これ、私のパジャマセット。……下着ってどうする？」「コンビニでショーツ買ってきたんで平気です。パジャマ、ガチでありです」……なんか小声でやり取りしてるけど、そういうのはもっと、俺が聞こえない音量でやってくんねえかな!?

それから、俺の姉は改めて居住まいを正すと、俺たち二人に向けてこう言った。

「それじゃあ、私は明日早いからもう寝るけど……涼くんの部屋、私の部屋の隣だから、何かするにしても静かめでお願いね？」

「早く寝ろこのブス」

「姉に向かってブスとは何だこいつ。あーあ、子供の頃の涼くんは、『お姉ちゃんと結婚するー！』って言いながら、私のほっぺにチューしてくれて、可愛かったのにな……」

「マジで早く寝てくれ……じゃないと、俺がこの手で自ら、お姉ちゃんを永遠に眠らせてしまう……！」

俺のそんな発言に姉は笑いながら、「じゃあおやすみ、涼くん。――妻川さんも、ゆっくりしていってね」とだけ言い残し、リビングから出て行った。

……ほんと、家族ってやつはどうしてこうも、他人に見せるのが恥ずかしい存在なのだろうか……なんて思っていたら、羞恥で顔を赤らめる俺を見た妻川は、小さく笑みを零しつつ、こう口にした。

「いいなあ、生意気な弟……あたしも夜田みたいな弟、欲しいかも……」

「そっち？　いまのって、世話焼きなお姉ちゃん羨ましいな、の流れなのでは？」

そんなツッコミをしたのち、俺はソファに腰を下ろす。

すると妻川も、さして遠慮のない感じで、同じソファに腰を下ろした。

「「…………」」

それから、しばし無言の時間があったあとで……彼女は改めて俺に向き直ると、こう尋ねてきた。

「ねえ、お風呂入っていい？」

「落ち込んでる割に結構あつかましいなこのギャル」

「や、まだメイクも落とせてないし、このままお風呂に入らないで寝るのって結構ありえないじゃん？　だから、あつかましいなーとはあたしも思うけど、お風呂入るね？」

「お願いじゃなくて決定事項かよ。……どうぞ」

「ありがと。心の洗濯してくる」

「その名言を知ってるギャルも珍しいよな……」

「……つか、覗きに来んなよ？」

「だ、誰が行くかよ……」

「来てくんないんだ……あたし、そんなに女としての魅力ない……？」

「それはさすがにめんどくさい女ムーブすぎないですか？」

俺のそんなツッコミに、いつもより元気のない彼女は、それでも小さく笑う。精神的にしんどい状態でも、こういう場面で小さく笑えるのは、彼女の強さだと思った。

「それじゃあ、お風呂借りるね」

妻川さんはそれだけ言い残すと、自身のバッグと、俺の姉から受け取ったパジャマを携え、脱衣所へと向かう。……がらら。扉が横滑りに開く音。がらら。扉が閉まる音。そのうち、しゅる、しゅるという衣擦れの音が聞こえてきたので――俺は逃げるように、リビングから自分の部屋へと走り出した。

……やばい。同級生の女の子が自分ん家の風呂を使っているという事実は、男子高校生には刺激が強すぎる！　そう思った俺は音楽で耳栓をするため、自室でイヤホンを探したけど……ああ、そうだ。ちょうどおととい、愛用してたやつが断線して捨てたばっかだった！　なんてグッド――じゃなくてバッドタイミングなんだ！

音楽で耳を塞げなかった俺の鼓膜に、さあああああ、というシャワーの水音が入り込んでくる。……こ、こういう時は素数を数えよう！　ええと、素数、素数……というか、そもそも素数ってなんだっけ……？　文系はこういう時、本当に無力だよな！

結局、素数を数えられなかった俺が代わりに、脳内で文豪の名前を羅列すること、およそ二十分――唐突に風呂場の方から「おーい、夜田ー」という、控えめな声が聞こえてきた。それを受けて俺は恐る恐る、脱衣所の方へと足を向ける。

そうして、脱衣所から扉一枚隔てた廊下に辿り着くと、そこから彼女に尋ねた。

「な、なんだよ……」

「あたしのバッグから、スマホ取ってくんない？」

「そんなの、自分で取れよ……」

「ん、ごめんね？　でも、お願い」

そう素直に頼まれてしまっては、意固地になって断ることもできない……なので俺は脱衣所に入ると、浴室の方を意識しないようにしつつ、妻川さんのバッグを探す。

そうして、目的のものを発見した俺は、白いバッグからはみ出ていた派手派手しいスマホを手に取ったのち……少し固まったあとで、彼女に尋ねた。

「……………これ、浴室の扉の前に置いておけばいいんだよな？」

「や、床に置かないでよ。——いま開けんね？」

「ちょ、いま開けんでくんねえ⁉」

「がらっ」

「なんでこいつ、扉が開く音を口に出しながら、風呂場の扉を開けようとしてんの⁉」

俺がそうツッコんでいる間も、ゆっくりと扉は開け放たれていく……それを確認した俺は、開き始めた扉から必死になって顔を逸らしつつ、スマホを持った左手だけ、浴室の方へと突き出した——。

そのうち、がたっ、と扉が開ききった音がする。すぐそばに人の気配を感じる。……俺が少しでも左の方を向けば、全裸の彼女を見られる予感がした。だからこそ俺は、首がつりそうになるくらい、右を向き続ける。醜い本音を必死に隠して、オタクらしい建前一つで強がって、女の子の裸を見るのをすっげえ我慢した。

そうして、いま俺の隣に全裸で立っていると思しき彼女は、俺の手からスマホを取り上げながら、こう言った。

「ありがと」

「い、いえ……そ、それでは、早く風呂に戻ってくれます？」

「…………」

「無言で何してんのお前⁉　用が済んだなら早く戻ってくれって！」

顔を右に向け続けたまま棒立ちになっている俺は、さっさと浴室に戻らない彼女にそう怒鳴った。そしたら、次の瞬間――何故か妻川は俺の左手首を、きゅっ、と握りながら、こう告げるのだった。

「一緒に入んない？」

「ははははは入るわけないだろ馬鹿かお前は！」

「……そか。だよね」

ちょっとだけショックそうな声を漏らした妻川は、それから俺の手首を離し、さっさと風呂場に戻ると、がたん、という音を立てて浴室の扉を閉めた。……え、いまのやり取りなにー？　どういう意味ー？　なんだー？

　某芸人さんの言い方でそれらの言葉を脳内再生させつつ、俺はふらふらと脱衣所を出る
……いま、手を伸ばせば触れられる距離に、裸の妻川さんがいた。その事実に、俺は軽い眩暈(めまい)を覚える。なんか、エロ漫画の導入みたいな状況でしたね？　いや最低のたとえ！

ただ、ああいう場面に陥ったにもかかわらず、自身の童貞を貫けたこと――彼女の裸を見ないように努めたことだけは、人として誇っていいかもしれないと、俺はそう考える。

『無理言ってごめんね。でも……いま、一緒にいてほしいから……』

　――だって、いまの彼女は絶対に、フラットな精神状態ではないから。

　そんな、弱っている妻川さんの隙をついて、これ幸いと彼女の裸を見るような下衆(げす)には
なりたくなかったので……だから、彼女の裸から目を背けたのは正しい行いであり、であれば後悔する必要なんかこれっぽっちもないのに女の裸見たかったよおおおお！

　そういう醜い本音を脳内で叫びつつ、俺はリビングのソファに倒れ込む。

　そしたら、その直後……風呂場からパシャ、パシャと。スマホのシャッター音が聞こえてきた。ええ？　一体なにをしてるんだ妻川さん……と俺が驚いていたら、そのあともシャッター音はしばらく続き――十数分後。俺のラインに、妻川からとある写真が送付されてきた。なので、それを確認してみたら――。

「うわあああああああ!?　えっちな自撮りだ!?　えっちな自撮りだ‼」

俺ん家の風呂場でいま撮影したと思しき写真——全裸の妻川さんが、右腕で自身の両乳首だけを綺麗に隠した、バストアップの画像がそこに表示されていた。

……無粋なことを言えば、それは決して、ヌード写真ではない。下半身は全く見えていないし、胸の大事なところも上手に隠されている、少し過激なグラビア程度の写真なんだけど……その撮影場所が俺ん家の風呂、なおかつ、いま撮影されたばかりの写真、という付加価値が、俺を強い興奮へと誘っていた。童貞を殺す気かこいつ……！

思っていたら、がらら、と浴室の扉が開く音がする。それからまたしばらくの間、ドライヤーの音や衣擦れの音が聞こえてきたあとで——姉のパジャマに身を包んだ、お風呂上がりの妻川さんが、我が家のリビングに現れた。

う、うわあ、お風呂上がりのギャルが俺ん家にいる……こりゃすげえや……という謎の感動を押し殺しつつ、俺はわざと不機嫌そうな顔を作ると、妻川さんに言った。

「お、おい、妻川さん……いや、エロ女。なんて写真をラインしてくれてんだお前……」

「一応、今日泊まらせてもらうお礼のつもりだったんだけど、どうだった？」

「本当にありがとうございます。——じゃなくて。あ、あんな写真、他人ん家の風呂場で撮影すんなよ……！　えっちすぎて、何がしかの法に触れてるだろあれ……！」

「ふふっ。ツッコミより先に本音出ちゃってんじゃん」

風呂上がりで頬を赤らめた彼女はそう言いながら、ソファに座る俺の隣に座る。……いつも姉が座っている場所に妻川がいるだけで、すげえドキドキしてしまった。

それから、彼女は自身の頬に両手を添えると、俺の方をちら、と見ながら、少しだけ照れたような声音で尋ねてきた。

「……あたしのすっぴん、ヤバくない？　ブスじゃない？」

「すっぴん？　……ああ。確かに印象は変わるけど、そんなに違いは……」

「すっぴんのあたし、可愛い？」

頬を隠していた両手を外したのち、妻川は可愛らしく小首を傾げながら、そう尋ねてくる。……何だよこの、付き合いたての彼氏彼女がするような会話は……そうツッコむことで照れる自分を誤魔化しつつ、俺は絞り出すようにこう言った。

「……うん。普通に……可愛いと思うけど……」

「マ？　……あたしガチで化粧して、可愛くなる努力してんだけど？　すっぴんで可愛いなら、眉毛描いても意味ないって言いたいのかよ？」

「まさかすっぴんを褒めて不機嫌になられるとは……女子との会話ムズ過ぎでは？」

「じゃあここで乙女心クイズね？　——化粧したあたしと、すっぴんなあたし、夜田はど

っちが可愛いと思う？」

「えええ……？　なんかもう、よくわかんねえな……化粧した妻川さんの方が、化粧ぶん可愛くなってるから可愛いとか、適当に言っておけばいいか……」

「ブー！　不愉快です！」

「不正解ではなく？」

「ちな、正解は——俺は妻川さんのことが好きだから、すっぴんの妻川さんも、化粧をしている妻川さんも可愛く見えるよ、でしたー」

「女の子の理不尽を煮詰めたようなクイズ出すな」

「ただ可愛いって言うんじゃなくて、『好きだから可愛く見える』が超大事なんだよ。更に言うと——ちゃんと化粧を勉強して可愛くなろうと努力してるのが可愛いよ、まで言ってくれると、もうめっちゃ好きぴ。さすがあたしの彼ピッピ、てなるから、がんば！」

「あ、もうめんどくさいからそこら辺はわかんなくていいです」

「あたしを気持ちよくすんのを諦めんなし」

　妻川はそう言いながら、俺の肩を軽くパンチする。そのあとで「ふふっ」と、はにかむみたいに小さく笑った。……お風呂に入って、少しは心の洗濯ができたのだろうか。

　そんなことを考えていたら、妻川さんはふいに、自身の毛先を指で摘み、その匂いをくんくんと嗅ぐ。そうしながら「あー、これだわ」と呟いた彼女は次いで、俺の後頭部に顔を近づけると、犬みたいにすんすん鼻を動かした。な、何やってんのこの人……？

俺がそう思ったのが、彼女にも伝わったのか……妻川は俺の頭から顔を離すと、未だ頬を赤らめたまま、嬉しそうな顔で言うのだった。

「おんなじ匂いする」

「え……？　しないだろ……」

「するよ。だって、夜田のシャンプー使ったもん」

「な――」

よくわからない羞恥で、俺の顔がぼっと赤くなる。

それを受けて妻川さんは、悪戯が成功した子供みたいに「ふへへ」と無邪気に笑った。

な、なんなんだこれ……俺が使ったというのは、その……心がムズムズするな！

可愛い女の子な妻川さんが使ったというのは、俺が愛用しているお安いメンズシャンプーを、モデルでギャルで

俺がそんな風にパニクっていたら、そっちが勝手にやったくせに、妻川さんはちょっとだけ恥ずかしそうな顔をしながら、子供のように足をばたばたさせる。それから、彼女は自身の毛先をもう一度嗅ぐと、「やっぱ夜田の匂いがする」と言って微笑んだ。……するのは俺の匂いではなく、メンズシャンプーの匂いですけどね⁉

「明日二人で学校行ったら、同じ匂いがすんの、みんなにバレちゃうかな？」

「ば、バレないだろ……そもそも、明日は土曜日で、学校休みだし……」

「夜田とあたしで同じ匂いがすんの、なんかエモいなー……あ、そうだ。今度夜田に、あたしがよくつけてる香水あげんね？　それつけて、一緒に学校行こ？」

「それはマジで嫌です！　しかもそれ、『二人って付き合ってるんじゃね？』ってなるんじゃなくて、『夜田の奴、妻川さんが使ってる香水を調べて、同じの買ってないか？』ってなると思うし！」

「そうなったらあたし、ちゃんとみんなに言って回ってあげるよ。『これはあたしが夜田にあげた香水だから、みんな勘違いすんなよ！』って」

「それはまた違う意味で勘違い確定なんだよなあ……！」

俺にそうツッコまれ、再び笑顔になった妻川さんは、近くにあったバッグをがさごそとやり始める。そうして、彼女はそこから話題に上がっていた香水を取り出すと、それを自身の手首につけた。……お風呂から上がったばっかなのに、また香水つけるんです？

疑問に思っていたら、彼女はいきなり「おりゃ」と言いながら、正面から俺の首にとんとん、と。自身の手首につけていた香水を、俺につけ始める。……な、何してくれてんだこのギャル⁉

「現在、時刻は深夜一時半を回ったところですよ？　俺、既にパジャマですよ？　あとは寝るだけなのに、なに勝手に香水つけてんだよ……この行動の意味を教えてくれ……」

「んー？　マーキングー」

「さらっと怖いこと言うな！」

そういえば、仲町(なかまち)のバイトを手伝っただけで嫉妬もされたし、やっぱり妻川さんにはどこか、独占欲が強い部分があるのかもしれなかった。

……俺ごときにこんな独占欲を発揮している妻川さんがいつの日か、誰かにガチ恋をしたら、一体どうなってしまうのだろうか……ちょっとばかし、お相手のことを気の毒に思う俺なのでした。気の毒だなあ（他人事(ひとごと)）。

第十二話　ギャルと眠れない夜

そろそろ、深夜二時を回ろうかという時間。

俺はリビングのソファから立ち上がると、姉のパジャマ姿の妻川に、こう伝えた。

「あっちの和室に、布団敷いておいたから。妻川さんはそこで寝てくれ」

「……夜田の部屋で一緒に寝んのはダメなの？」

「だ、ダメに決まってるだろ……俺は妻川さんを放っておけなかったから家に泊めることにしたけど、それとこれとは話が別だ……」

「……ん。りょ」

「やけに素直だな。……ふわあああ。それじゃあ、俺もう寝るわ……」

欠伸と共にそう言った俺は、目を擦りながらリビングの扉へと向かう。どうやら、妻川さんが俺ん家のお風呂に入るという目が覚めるようなイベントを終え、どっと睡魔が押し寄せてきたらしい。そうして、俺がリビングをあとにしようとすると——。

「あっ……えっと………うん。おやすみ……」

こちらに伸ばしかけた手を引っ込めるような仕草をしたのち、妻川はそう、ちょっと泣きそうな顔で口にした。
……やはり、まだ精神的に参っているんだろうな。それはわかるけど、だからといって
これ以上俺にできることもないので、俺はリビングから廊下に出る。すると、そんな俺を
追いかけるように、廊下まで早足でやってきた妻川が、こう口にした。
「ねえ、おやすみは？」
「……お、おやすみ……」
「ふふっ。――ん、おやすみ」
妻川は俺から「おやすみ」をカツアゲすると、小さく笑みを浮かべ、それからリビング
に戻った。そんな彼女を見送った俺は、溜まっていた息を静かに吐いたのち、自分の部屋
に向かう。自室に入ると、その勢いのまま、うつ伏せの状態でベッドに飛び込んだ。
「はあ……なんで、こんなことに……」
クラスメイトの陽キャギャルと、一つ屋根の下でお泊まりだなんて……弱っている彼女
を見捨てられなかったにしても、ちょっと早計だったかもしれない。
というか俺、妻川さんのことを気に入りすぎでは……？　どうせいつかは彼女に飽きら
れて、求められなくなる日が来るというのに――。
「……寝よ」

ごちゃごちゃと余計なことを考え始める前に、俺はそれだけ呟いて目を閉じる。そしたら、どこからかふわっと、あまりキツくない、柑橘系のいい香りがしてきた——。

え、なんだこの匂い……一瞬そう思ったけど、なんてことはない。先程、妻川さんに無理やりつけられた香水の匂いが、俺の鼻孔をくすぐっているだけだった。

「…………」

それを意識しないようにしつつ、俺は再度、固く目を瞑る。……しかし、その行動は逆効果だったらしく、視覚を閉じたせいで嗅覚が鋭敏になり、彼女の匂いがより強く感じられてしまった。

一人で寝ている筈なのに、俺のベッドに妻川が入ってきて、添い寝をされている感覚に陥る。や、やめろ！　俺の脳内に出てくるな、イマジナリー妻川！『ねえ。あんま、他の女と仲良くしないでよ』……何故いまそれを言う、イマジナリー妻川⁉

そうして、妻川さんにつけられた香水のせいで、悶々とすること十数分……そのうち、彼女の匂いにもなんとか慣れ、添い寝妻川の幻覚が消えてきたので、俺はうとうとと微睡み始める。すると、どこか遠くの方で、がちゃ、という扉が開く音が聞こえてきた。なので俺は反射的に、眠気で上手く開かない瞼を、少しだけ押し上げる。

そしたら、そこには——。

「……ふえ？　……うわあああああっ⁉」

「…………うぇーい」

元気のない顔でギャルピースをした、ギャルの亡霊が突っ立っていた。

な、何だ、妻川さんか……せっかく寝られそうだったのに、勝手に他人の部屋に入ってくるなよ……俺が内心でそう抗議していたら、どうやら俺の夢枕に立っている設定らしい彼女は、ぼそぼそと小さい声でこう続けた。

「……そのままの体勢で聞きなさい。あたしは、夜田家の先祖――『夜田たえ』だよ。いまから、大事な神託をあんたに授けるよ……」

「嘘だろ……俺のご先祖様、こんなにもギャルだったのかよ……」

「妻川澪奈という女の子を、大事にしてあげなさい……あの子はアゲマンだよ……そして、何気に一途だよ……ＦＪＫなのに処女だし、束縛もあんましないから、彼ピになってあげなさい……」

「俺のご先祖様、使う言葉が若すぎない……？　彼ピって言葉、ご先祖様の時代には既にあったんです？」

「それじゃああたしは、天国サウナでチルしてくるから……元気におやりよ……」

「えっ……もしかして天国って、サウナのことなの⁉　俺達が死んだら、天国という名のサウナに行く感じなんですか⁉」

「違うよ、夜田……天国とは、サウナや温泉、宴会場などの施設が充実した、健康ランドみたいな場所のことだよ……」

「地上にも天国は存在したってコト⁉」

妻川さんがボケるので俺もつい、覚醒していない頭でそうツッコむ。それを受けて彼女は、「あはは」と乾いた笑い声を出した。元気がないのなら無理やりボケるなよ……。

俺は思いつつ、眠たい目を何度か擦る。そののち、彼女に尋ねた。

「あの、妻川さん……俺の枕元に立って、なにしてんの？」

「……寝れないから、一緒にいて……」

「夜中に怖い動画を観ちゃった子供みたいなことを言うなよ……」

俺はベッドから体を起こしながら、ベッド脇に立つ妻川さんを見やる。……かなり沈鬱げな表情を浮かべる彼女は、少しだけ潤んだ瞳で、俺の顔をじーっと見つめていた。

そんな彼女の危うい様子に、俺がちょっと心配になっていたら、妻川は続けた。

「なんか、一人になったら、またavailableめっちゃ鬱な気分になっちゃって……だから、もうちょっとだけ、お話ししよ？」

「……妻川さん、スマホは確認したか？　時刻はまもなく、深夜二時半を過ぎるところだぞ……」

「ほんとごめん。でも……やっぱ、そばにいてくんない……？」

「…………」

わかりやすく弱っているいまの妻川さんに、いまにも泣き出しそうな顔でそう言われてしまったら——一度、彼女の力になることを決めた以上、何もしない訳にはいかない。

正直な話、俺がそばにいる程度のことで、彼女の力になれるとは思えないんだけど……一人になりたくないと、妻川さんがそう言うのなら。今日はもう、できる限り彼女の助けになろうと考えていた俺は、ベッドから立ち上がりつつ、こう言うのだった。

「じゃあ、とりあえず、和室に行くか……」

「……ありがと、夜田……」

「いいよ、別に……今日は色々あったんだろうなって、さすがにわかるし……」

「………つか、やっぱ和室じゃなくて、夜田のベッドで一緒に寝ちゃダメ……？」

「こちらが一個要求を飲んだからって調子に乗るなよ？」

俺にそうツッコまれた彼女は、小さく微笑したのち——「一緒にいれるってなったら、もうちょっと欲が出ちゃった……えへへ」と口にした。なんだか妻川さんらしい……ギャルらしい欲の広がり方だった。

思いつつ、俺と妻川は俺の部屋を出て、リビングの隣にある和室へと向かう。

和室に入り、そこに敷かれている布団の上に彼女は座ると、自身の隣をぽんぽんと叩いた。なので俺も、妻川が指定した場所より少し離れたところに、あぐらをかいて座る。すると、布団の上で体育座りをしていた彼女は、ねだるような声で言ってきた。

「……手、ぎゅってしていい？」

「む、無理な相談やめてください……」

「…………ぐすっ……」

俺に断られ、いまにも泣いてしまいそうな顔をする妻川さん。……俺は彼女と適切な距離を保ちたいだけなのに、そっちの要求を断ったら泣きそうな顔になんの、やめてくんねえかな⁉ 俺は内心でそう思いつつ、自分の中の妥協点を必死に探った結果、こんな提案を妻川さんにした。

「そ、袖！　パジャマの袖なら、摑んでていいから！」

「……ん」

彼女はごくごく小さな返事をしたのち、俺のパジャマの袖口をちょこんと摘む。

すると、妻川さんは頬を膨らませながら「やっぱ手がいい……」と呟いたけど、俺はそれをしっかり無視するのだった。え？　なんだって？

　そうして、隣り合って布団に座った俺達は、しばし無言のままぼんやりとする。

　あまり居心地の悪くない沈黙がだらっと続いたあとで……妻川さんはふいに、元気のない声で、ぽしょり、と。どこか独り言のように呟いた。

「ちょっとだけ、愚痴ってもいい？」

「……ああ。いいよ」

「ん、ありがと……」

　俺の右手の袖口が、再度ぎゅっと摑み直されたのがわかった。

　けれど、妻川の方にはあまり目を向けず、薄闇の中、窓から入る月明かりだけを見ていたら、彼女は滔々と語り始める。——それは、妻川さんが今日うちに泊まる原因となった、父親との確執の話だった。

「パパの言うことが正しいって、ホントはわかってんだよね」

「…………」

「あたしが、いけなかった……あたしが門限を守らなかったから、パパにああいうことを言わせたんだよ……パパの言ったことは間違ってたけど、パパに間違ったことを言わせたのは結局あたしで、だから家出もするべきじゃなかったし、パパに口答えしちゃいけないって、わかってたんだけどね……でも、あそこで怒んなきゃ、あたしがあたしに失望してたから、あたしも間違ってたわけじゃないって……これは、自分勝手なのかな……」

「……そんなことは……」

「本当のこと言うと、あたし、パパが大嫌い。家に帰って顔を見んのも嫌で、たまに死んでくんないかなーって思う時もあるんだけど――マジで死んだら、めっちゃ泣くと思う。いまのままの関係で、パパに死んで欲しくない。まあ、死んで欲しい気持ちは嘘じゃなくてマジなんだけど……でも、やっぱパパには死んで欲しくなくて……あははっ、あたし、よくわかんないまま喋(しゃべ)ってんなこれ。めっちゃ整理できてないじゃん」

「………」

「だからあたしたぶん、パパとも仲良くなりたいんだよね……ガチでパパ嫌い、って思わなくなりたい。パパが正しいことを言ってる時に、正しさを認めてあげたい。間違ったことを言われた時に、ムカつくから攻撃するんじゃなくて、冷静に正してあげたい。……つか、あたしは大好きなママと友達になれたんだから、そんなママが選んだパパとだって絶対、友達になれる筈なんだよ。好きになれる筈なの。そんなことを思うけど、でも……それは一人になって冷静になったからそう思えてるだけで、いざパパの目の前に立つと、また感情が違っちゃうのがなあ……」

「………」

「割り切れれば楽なのかも。もしかしたら、パパとかもういいわ、って諦められたら、あたしにとってそれが一番なのかもしんないけどさ……それが一番じゃないって、どっかでわかってるんだよ。だって、いつかあたしが結婚する時には、パパと一緒に、バージンロードを歩きたいし……いまはムリでも、そういう時がきたら、あたしを認めて欲しい。あたしが選んだ人を、ちゃんと、パパにも認めて欲しいから——だから、どうしてもパパを諦められないのが、なんていうか……ちょっと、しんどいのかもなー……」

妻川はそこまで話し終えると、ふうー、と大きな息を吐いた。……一方の俺は、そんな風に思い悩む彼女の横顔を、ちらちらと見つめることしかできない。

『ねえ。夜田ってすげーバカでしょ』

俺が恥ずかしい感情を吐露した、あの日。

妻川さんは俺を抱きしめて、そう言ってくれたのに……。

そんな彼女に報いたい気持ちはあっても、いま彼女が抱えている悩みを晴らしてあげられるような一言は、俺の頭の中の引き出しをどれだけひっくり返そうが、見つからなくて——だから、頼り甲斐のない俺の口から出た言葉は、これだけだった。

「妻川さんも、大変なんだな……」

「……ふふっ、うん。自分だけ大変だと思うなよ、このー」

ああ、違う……そうじゃない……。

こんなことが言いたかったんじゃない。ごめん、違うんだ……。

俺の肩を拳でグリグリしつつ、空元気の笑みを零す妻川さんを見つめながら、俺はそう思った。――悔しい。彼女は俺を頼ってくれたのに。頼ってもらえたぶん、彼女に求められたものを何も返せていないのが、本当に悔しかった。

きっと、俺がラノベの主人公だったら、こうはなってない。

もし俺が、彼らみたいに何か一つでも持っていたとしたら、ここで金言となる一言を妻川さんに渡せていたかもしれないし、彼女の心が救われるような行動を取れていたかもしれないけれど……残念ながら俺は、ただラノベが好きなだけの、陰キャ高校生だから。

いま助けを必要としている彼女に、何もできない――何かをできるほど器用な人間じゃないと、そう気づかされてしまった。

そこまで考えた俺はつい、こんな言葉を漏らす。……これを妻川さんに言うこと自体が違うと、わかっていたのに。それでも俺は彼女に、自身の感情を伝えてしまった。

「……ごめん、妻川さん。なにも、気の利いたことが言えなくて……」

「え、なんで夜田が謝ってんの？　こんな愚痴聞かせて、むしろ謝るべきはあたしの方でしょ。――まあ、夜田が愚痴るのを許可してくれたんだから、謝んないけどな！」

「妻川さん……」

「てか、もしかして夜田って、あたしがこの話をした意味、わかってなくない？　……こういうのって別に、はっきりとした答えを出して欲しくて相談してんじゃないから。そうじゃなくて、誰かに話を聞いて欲しいだけだし」

「……そういうもの、なのか……？」

「うん、そう。だから――こうして夜田に話してるだけで、実はちょっと、救われてる部分があるんだよね。こんな、聞いてる方は絶対気持ちよくなれない愚痴を、あんたが真摯に聞いてくれるから、あたしの心はちょっとだけ、軽くなってんだよ？」

「そんな……俺なんて、何もしてないのに……」

「……やっぱ、夜田に頼ってよかった。こんなしんどい夜に、それでも――夜田に一緒にいてもらえて、よかったよ……」

「――――」

彼女はそんな綺麗な言葉と共に、いま妻川さんの中にある元気をかき集めて、無理やり絞り出したような笑顔を俺に見せてくれる。――それを目の当たりにした瞬間、俺の鼓膜の中でだけ、何かが明確に変わる音がした。

ラノベ仲間のみなちょさん。クラスの陽キャギャル、妻川澪奈。

彼女はどうしてか、俺という陰キャ拗らせオタクに、興味を持ってくれた……それを受けて俺は、「三次元の女は理解できなくて怖い」と騒ぎ、彼女を遠ざけようとしたにもかかわらず、妻川はそれを無視して、俺と一緒にいる努力をしてくれた。

そして、彼女はいま……俺の家にいる。それは、男友達の堀戸の家でもなく、女友達のかなちゃむの家でもない。他ならぬ、夜田涼助の実家だ――。

『夜田にヘルプしたら、夜田が助けてくれてさ。家の人の許可が出たら、泊まらせてくれるって……ご、ごめん。そういうつもりじゃなかったんだけど……うん、次はかなちゃむを頼んね？』

――彼女には、助けを求めたら応えてくれる友人が、いっぱいいるのに。

堀戸、かなちゃむだけじゃない。仲の良いクラスメイトや部活の仲間、同じ雑誌で働くギャル友など――友達の少ない俺と違って、彼女には選択肢が無数にあった筈なんだ。

それなのに妻川さんは、誰かに頼りたい夜に、俺を頼ってくれた。

……俺はいままで、こんなにも複数の選択肢を持った誰かに、頼られたことがあっただろうか？　お姉ちゃんに頼られたことはある。でも、それは家族だから。男友達に頼られたことはある。でも、それは「五百円貸してくれ」という、誰にでも応えられる、俺だからされた頼みじゃなかった。

きっと俺はこれまで、こんなにも誰かに期待されたことはなかった。

だから、いま俺の胸に広がっているこれは、妻川さんの期待には応えられない、という罪悪感じゃない。——彼女の期待に応えたい、という、恥ずかしいくらいの野心だ。

そんな自分を自覚したら、俺が目指したい場所が、はっきりとした輪郭を伴って見えてきた。こんなのはおこがましい感情だと思っていたから、口にはできなかった思いが、言葉となって俺の胸に湧き上がってくる。


俺はまだ、妻川さんの友達になれるような、立派な人間じゃない。

——でも、いつか彼女の友達になれるような俺に、なりたいと思った。


それはきっと、俺みたいな人間が抱いていいような夢では、ないのかもしれない。

けど、それでも……こうして、彼女に期待されてしまった以上。俺はいつしか、彼女に頼られて恥ずかしくない俺になりたかった。妻川さんの期待には応えられないとしても、それに応えられる自分になるための努力はしたいと、俺はそう思うのだった——。

そうして、しばしの沈黙があったあとで、俺は……少し前の俺だったら、恥ずかしくて言えなかったであろう言葉を、口にする。——それは、いまは何もできない俺の、いまできるだけの決意表明のようなものだった。

「妻川さんが抱えている悩みに、俺は何の答えも出せないけど……妻川さんが愚痴を零すことで、ちょっとでも救われるなら。俺はいくらでも、それに付き合うから……」

「……やっぱ夜田って、なんやかんや優しくない？　もしかして何回もお願いすれば、あたしと一緒に寝てくれんじゃないの？　……ねえ、ここで一緒に寝よ？」

「それはしない」

「あー、ダメか……ふふっ。でも、ガチで嬉しいよ……話、付き合ってくれるんだ？」

「ああ……それぐらいしか、いまの俺にできることはないからな……それしかできないぶん、妻川さんの話に付き合うくらいは、しようと思ったんだ」

「…………ねえ、ぎゅってしてもらってもいい？」

「無理です」

「ケチかよこいつ……」

妻川はそう言ったのち、敷かれている布団にごろんと寝転がる。

それを受けて俺が一度立ち上がり、布団の外に座り直すと——仰向けの状態で寝ている彼女に、「左手出して」とお願いされた。なので俺が左手を差し出したら、彼女は俺のパジャマの左袖口をぎゅっと、改めて握り締める。そうしながら妻川さんは、照れたように頬を赤らめつつ、こう口にした。

「袖を握るのは、いいんでしょ……？」

「……まあ、ええ、はい……誠に、遺憾ながら……」

「政治家かよおまえ」

そんなツッコミをしたのち、楽しそうに笑う妻川さん。

その笑顔はまだ、普段の彼女が俺に見せてくれる笑顔とは、違うものだったけど——決して空元気ではない、妻川さんがちょっとだけ元気になったことを俺に気づかせてくれるような、そんな笑顔だった。

「そんじゃあ、またちょっとだけ、愚痴らせてもらおっかな——」

それから時間は経過して、四時間後。
えっ……よ、四時間後⁉
「——だからあたし、かなちゃむのことはすげー尊敬してんだよね。服とかネイルのセンスエグいし。あとは、男を見る目だけ養えば完璧なのに、それだけ終わってんだよなーあいつ。……直近の彼氏とかヤバいよ？　そいつ、かなちゃむ以外に、八年付き合ってる女がいたんだって！　それ、そっちが本命でかなちゃむが浮気相手じゃね？　って聞いたら、『や、めっちゃ愛されてたんで。本命あーしだから』って譲らないし！　変なとこで頑固すぎん？　結局そいつとは、趣味が合わないからで別れたらしいけど、それ最初に確認するとこだろ⁉　みたいな。そんで、最近のかなちゃむは──『イケメンにはもう飽きたから、次は地味メンいこっかなー』とかほざいてて、『夜田とか紹介してくんね？』って言われたから、絶対に紹介しないってキレといた。夜田も、変な女には気を付けなよ？」

「…………」

「ねえ、夜田？　起きてる？」

「……え？　あ、ああ……うん……起きてるよ……」

「よかった。じゃあ、話の続きだけど──」

「…………」

このクソどうでもいい話、まだ続くの⁉

俺は心底そう思ったけど、それを言葉にすることはできなかった。

……繰り返しになるけれど、『妻川さんの愚痴にいくらでも付き合う』と俺が宣言してから、四時間後。現在、時刻は朝の六時半で……俺は未だ、妻川さんの中身のない話に付き合わされていた。

細かいことを言えば、彼女の愚痴——妻川パパとの確執の話は、最初の一時間くらいで終わったのだ。それなのに、妻川さんはそのあとも寝ることなく、関係ない話をだらだらだらだらし続けて、この時間である。……妻川さんの力になれない以上、話くらいは彼女の気が済むまで聞こうと思ってたけど、ごめんなさい。さすがに眠ぃよ！

　思いつつ、未だ般若心経のように喋り続ける彼女のトークを、ぼんやり聞き流していたら……ついに、妻川さんが眠たげに目を擦りながら、こう口にした。

「——つまり、かなちゃむはあたしの親友で……だから、まあ、なんていうか……そのうち夜田にも、会って欲しいんだよね……でも、かなちゃむってめっちゃいい女だし、だから、もし夜田が、いい女なかなちゃむに、いい女だから……惚れちゃったらやだなあ……みたいな、そういう気持ちも……つか、ねむ……ねえ、夜田……ねていい……？」

「いや、わざわざ許可とか、取らなくていいから……」

「マ？　じゃあ、ねるー……Ｚｚｚｚ」

「そのスピードで寝られるって、あなたはのび太くんか何かですか……？」

　俺はそうツッコみつつ、眠すぎてもうほぼ開かない瞼をこじ開け、妻川の様子を確認する。——彼女は泣きつかれた赤子のように、健やかな寝顔を晒していた。や、やっと寝てくれたぜ……朝方に赤ちゃんを寝かしつけたお母さんも、こんな気持ちなのかな……。

ともかく、これで彼女が元気になったかどうかはわからないものの……妻川澪奈のエンドレストークライブから解放された俺は、その場から立ち上がり、部屋に戻ろうとしたけど——そこで気がついた。

「すぅ、すぅ……」

可愛らしい寝息を立てている彼女の右手は、俺の左手のパジャマの袖口を、未だがっちりと摑んでいた。……OMG。

当然、彼女の手を振りほどき、自室に退散することはできる。でも、俺の袖を摑むこの手を剝がしてまで、それをしていいのか、ちょっとだけ考えてしまった。……妻川さんが目を覚ました時、俺がここにいなかったら、彼女はどう思うのだろうか——。

『ほんとごめん。でも……やっぱ、そばにいてくんない……？』

もちろん、添い寝までする気はなかった。

ただ、そんな妻川さんのお願いを、一度は聞き入れたんだから……こうして彼女が寝たあとも、俺はそばにい続けるべきなんだろうか？　でもそんなのは、妻川さんの彼氏じゃない、ましてや友達でもない俺の行動として、おこがましい気もするんだけど……。

俺はそんな風に悩みつつ、寝息を立てている彼女を見つめる。「ううん、夜田……」唐突に名前を呼ばれてドキリとした。——妻川さんは未だ、いつもの彼女らしくない、どうにも浮かない表情で、悪夢にうなされるみたいに眠っていた。

「…………はあ……」

そんな妻川さんの顔を見て、俺は一つため息を吐いたのち、その場に座り直す。

これもまた、偽善的な行為なのかもしれないけど——彼女のそばにいてあげたいから、ではなく。俺のパジャマの袖口を摑むこの手を振りほどけないから、自分の部屋に戻れなくなった俺は、そのうち……「ふわあああ……」と大きな欠伸をすると、彼女が寝ている布団の、その真横——畳の上にごろんと寝転がった。

「……許してくれ。俺の、拗らせオタクとしてのプライド……」

本来であったら、妻川さんと同じ部屋で眠るなんて、俺の中にあるオタクとしてのポリシーが許さない。けれど、背に腹は代えられないというか……朝の六時半を過ぎ、もうめちゃくちゃに眠かった俺は、この時間まで頑張って起きていた自分を寝かしてあげるために、妻川さんの隣で大の字になった。

人の話を聞き続けるのって、案外疲れるのかもな……四時間前、妻川さんの香水の香りがして眠れないと自室で悶々としていた筈の俺はいま、彼女の隣で死んだように目を瞑ると——何の夢も見ないほど、深い眠りに落ちていくのだった。

第十三話　ギャルと朝食

俺が和室で眠ってしまってから、数時間後。

深い眠りからゆっくり浮上した俺が、なんとか目を開けようとしていたら――すぐ近くから、こんな声が聞こえてきた。

「………もう、ちゅーしたいな……」

「ふえ……？」

「あっ⁉　お、起き――お、おはよう、お兄ちゃん！　もーっ、お兄ちゃんったら寝坊し過ぎー！　いつまで寝てるのっ？　もう十一時だよっ！」

「……テンプレ妹だ……テンプレ妹に起こされるっていう、ラノベ読みなら誰もが憧れるシチュエーションだ……やったぜ……」

睡魔に抗（あらが）いつつ瞼を押し上げたら、すぐ目の前に妻川（つまかわ）さんの顔があったので、俺は寝ぼけまなこのまま、そんな感想を口にした。それから、何故（なぜ）か顔を真っ赤にした彼女はそそくさと立ち上がると、改めて俺に笑いかけたのち、こう言った。

「……おはよ、夜田（よだ）。朝ご飯作ったから、一緒に食べよ？」

「ふわあああ……おはよう、妻川さん……朝ご飯？　作ったの……？」

「ん。とりま、顔洗って目覚ましてきたら？　そのあとでリビングおいで」

「一応ここ、俺ん家なんだけど……自分の家かのように言うなこいつ……」

「洗面所はリビングから廊下に出てすぐだから。わかんないとこあったら聞いて？」

「何で俺ん家の説明を妻川さんにされないといけないんだよ。余計なお世話すぎるだろ」

俺はそうツッコんだのち、眠い目を擦りながら立ち上がり、覚束(おぼつか)ない足取りで洗面所へと向かう。――蛇口を捻(ひね)り、温水を出し、それで顔を洗ったあとで……というか、同級生の女の子に起こされるってどういう朝だよ！　と、今更ながら驚いてしまった。

耳を澄ませば、遠くで小鳥がチュンチュン鳴いている。そうか、これが噂(うわさ)に聞く朝チュンというやつか……つまり俺はもう、童貞じゃなくなったんですね？　やったぜ。

そんなことを考えながら、俺（現役バリバリの童貞）はリビングへと戻る。すると、そこには……既にメイクをバッチリ終えた状態で、昨日の私服の上にエプロンを着用し、我が家のキッチンに立つ、妻川さんの姿があった。

「……ひ、他人(ひと)ん家(ち)のキッチンで何してんですか……？」

「や、朝ご飯作りたくて！　こういう機会だし、せっかくなら澪奈(みおな)の手料理、食べて欲しいじゃん？　だから、さっきスーパー行って、食材だけ買ってきたんだよ。もうちょっとできるから、座って待っててー」

「朝ご飯……もう十一時過ぎてるし、この時間の食事を朝ご飯とは言わないのでは？」

「そっか、じゃあブランチか。──もうすぐ、『ブランチa・k・a朝ご飯』が作り終わるから、期待してて！」

「『ブランチ、またの名を朝ご飯』ってそれ、やっぱ朝ご飯じゃねえか」

俺はそうツッコみながら、四角テーブルに備え付けられた椅子の一つに腰掛けた。

ここからキッチンの方を見やると、妻川さんがまな板の上でレタスやトマトといった野菜を手際よく切っているのが確認できる。……以前、肉じゃがを作ろうとしてお味噌汁を作った彼女だけど、今回は大丈夫だろうか……。

「ちな、夜田のパパとママはあたしが起きてすぐに出掛けちゃって、夜田のお姉ちゃんはあたしが起きた時にはいなかったから、いま家にはあたしと夜田だけっぽいよ」

「そ、そうか……」

「……エロいこと、できるね？」

「できるからなんなんです⁉」

俺のそんなツッコミに、くすくす笑う妻川さん。とん、とん、とん、と。規則正しいリズムを包丁で刻みながら、切っているトマトからは視線を外さずに、彼女は続けた。

「つか、昨日はごめんね？　あたしの愚痴に、めっちゃ夜田を付き合わせちゃった……もしあれなら、途中で置き去りにしてくれても、よかったのに……」

「ああ、いや……あれに関しては別に、妻川さんが謝る必要はないだろ。確か俺、『妻川さんの愚痴にいくらでも付き合う』って、自分から言ったしな。……まあ、それにしても長かったですけどね！」

「ふふっ、ねー？　朝まで延々喋ってた気がする。妻川とかいう女ダルすぎだろー」

「あの、妻川さん？　それは俺の台詞なのだが？　どうして自分でダルい自覚があるのなら、途中で終わらなかった？」

「……だって、喋ってないと、夜田がどっか行っちゃうと思ったから……」

「…………」

「もちろん、夜田に話したいことが尽きなかったから、ってのが一番だけどね。……そっか。いま謝っちゃったけど、『ごめんね』じゃないや。――昨日はありがと、夜田」

「……昨日というか、もう今朝のことだけどな……」

「あははっ。素直に『どういたしまして』も言えねーのかお前は」

ひねくれた反応をする俺を見て、楽しげに笑う妻川さん。それを受けて俺は、赤らんだ顔を俯けるしかなかった。……照れ隠しに斜に構えた発言をしたら、より恥ずかしい思いをしてしまいました。ひねくれることすら上手くできないのか、俺は……。

思いながら、妻川の作業工程を見ていたら、彼女は切った野菜を一度皿に移し、今度はパンを切り始めた。――どうやらいま妻川さんが作っているのはサンドイッチらしい。

そうして、パンの耳を切り落とす作業をしながら、彼女は……今日の天気について話すような、何てことない日常会話をするときのトーンで、こう口にした。

「さっき、パパからラインきた。……ママに怒られて反省して、『言い過ぎた』って謝罪してきた。真摯に謝られたから、もうプチ家出はやめて、朝ご飯を食べたら帰んね？」

「……そっか。それはよかった」

「ぶっちゃけ、何も解決はしてないんだけどね！　……でもまあ、こうやってやってくしかないんだよなー。パパうぜー、って思いながら、パパにうぜーって思われながら、それでも相手をわかろうと頑張って、ぶつかって――夜田やかなちゃむに助けてもらいながら、あたしが一人で頑張るしかないんだよ。だから……とりま、あとでお家帰る……」

「うん。それがいいな」

俺がそう呟きながら微笑すると、妻川さんは微笑む俺を見て――「そんな顔すんなし。キュンするじゃん……」と零しつつ、赤らんだ顔を逸らした。……え？　いま俺そんな、妻川を照れさすような顔してた？

そう疑問に思っていたら、彼女は気を取り直すように話を続けた。

「そういう訳だから、これで、五回目のプチ家出も終了します！」

「……え、五回目⁉　妻川さん、こんなこと五回もやってんの⁉」

「あれ、言ってなかったっけ？　あたし、半年に一回くらいのペースでプチ家出して、友達ん家に泊まらせてもらってんだよね。これまでは四回ともかなちゃむん家だったけど、初めて男の子に頼っちゃった。えへへ……」

「…………深刻な家出ではなかったのなら、泊めるべきじゃなかったか……？」

「や、五回目だけど、あたしにとってはいつも深刻だから！　嫌な後悔しないでよ！」

「まあ、後悔はしてないけど……最悪、俺が泊めなくても大丈夫だったのでは……？」

「……夜田、そんな酷いこと言うんだ……？　酷い……」

「あ、ごめんなさい。真摯に謝るので、包丁を持ったままこっちに歩いてこようとしないでください。──ちょっとばかり怖すぎる！」

「わたしを好きになってくれないお兄ちゃんなんかいらない！」

「いきなりヤンデレ妹に豹変しないで⁉　こういうのって、リアルでやられたら萌えられる要素皆無ですよ⁉」

「綺麗な三枚おろしにしてやる……」

「何故お魚と同じやり方⁉　俺を寿司ネタにする気か⁉」

「さばいて炙って刺身にして、わさび醤油につけて食べてやる……！」

「俺をできる限り美味しく頂こうとするなよ……そもそも、人は三枚におろせないだろ」

「じゃあかつらむきにしてやる！」

「めちゃくちゃ痛いだろうけどそれじゃあ俺は死なねえよ⁉」

　俺がそうツッコむと、一通りボケて満足したのか、妻川さんは愉快そうに笑ったのち、

「あんまり、包丁を持っている時のあたしを怒らせない方がいいよ……？」とだけ言い残して、キッチンに戻っていった。去り際のセリフが怖すぎるだろ。

　彼女はそれから、包丁を流しに置くと――「パンをのせよう！」とミニモンネタを呟いたのち、パンに具材を挟み、サンドイッチを完成させる。そうして、一つの大皿に大量のサンドイッチを載せた彼女は、それを持ってリビングのテーブルにやって来た。

　テーブルの中央に、サンドイッチの大皿をどんと置く。次いで彼女は、俺の隣の席に座ると、にこやかな笑顔と共に告げた。

「じゃ、一緒に食べよ！」

「お、おう……なんか量多くない？」

「ん？　普通じゃん？　こんくらい食べきれるでしょ？」

「「…………」」

「は？　なに澪奈がめっちゃ食う奴みたいにしてんの？　夜田がいっぱい食べる想定で作ったに決まってんだろ！　……お前、あたしよりサンドイッチ食わなかったら許さねーからな？」

「どうして朝食でこんな緊張感を味わわなければいけないんだ……」

「お、朝食だけに？　緊張感を『味わいたくない』って？　上手いじゃん」

「偶然かかっただけで別に上手くはないから、わざわざ粒立てなくていいんだよ」

俺はそうツッコみつつ、大皿の上に載った大量のサンドイッチを見つめる。もしかしてここ、オモ〇マい店なのでは？　ぜひ取材させてください！

思っていたら、妻川が「いただきます」と手を合わせたので、俺も「いただきます」と復唱したのち、手と手を合わせる。それから、手前に置かれていたＢＬＴサンドを手に取り、それに齧りついた。

別段、衝撃的に美味しい訳ではない。……それなのに、彼女がこれを作る工程を見ていたからか、ただの素朴なサンドイッチが、やけに美味しく感じられた。

「…………♪」

美味しそうに食べる俺を見て、嬉しそうに微笑する妻川さん。……一方、見られて恥ずかしくなった俺は、押し込むようにBLTサンドを口に放り込んだ。

そうして、俺が最初の一個を食べ終えるのを見届けた妻川さんはそのあとで、手に持っていたタマゴサンドを一口齧った。――途端、花が咲いたような笑顔になる。彼女はそのまま、タマゴサンドを勢いよく食べきると、幸せそうな顔で「はあ……」と息を吐いた。

それを見た俺は……どうでもいいけど、美味しいものをちゃんと美味しそうに食べる女の子って、めっちゃいいよな、と……そんな、どうでもいいことを考えてしまいました。どうでもいいのにな！

そうして、しばし二人でサンドイッチを食べていたら、俺と彼女がちょうど同じタイミングでサンドイッチに手を伸ばしてしまい――手と手が触れ合った。

うお、ベタなラブコメみたいなことをしてしまった……なんて思いつつ、さすがの俺もこの程度のボディタッチでは動じないでいたら――「ひゃっ！」と。妻川さんが、彼女らしからぬ可愛らしい声を出しながら、伸ばしていた自身の手を勢いよく引っ込めた。

それに驚き、彼女の方を見やると、そこには……俺の手が触れた右手を胸元でぎゅっと抱きしめながら、頬を赤らめて恥じらっている、妻川さんの姿があった。

「え？　妻川さん……？」

「あっ……や？　べ、別に？　ドキっとなんか、してないけど？」

「いや、そりゃそうだろ……これまで妻川さんは、勝手に俺の手に触ったりとか、普通にしてたし……それなのにいまのリアクションは、いったい……」

「あはは一……アクシデントだったから、かな……夜田の手が触れてドキッとした訳じゃないんだけど、なんか、めちゃくちゃドキドキしちゃった……なんでだろ……」

「日本語おかしくない？」

言葉として矛盾していたから俺はそうツッコんだけど、それを受けて彼女は——「え、別におかしくない？　ただの素直な気持ち」と返してきた。？？？　どゆこと？

妻川の発言に俺がハテナマークを浮かべていたら、彼女は改めてツナサンドを一つ手に取り、それをパクパク食べ進めつつ、こんなことを尋ねてきた。

「夜田は？　ドキドキしないの？」

「え……妻川さんと手が触れて、ですか……？」

「それだけじゃなくて。あたしって割と、夜田にボディタッチしてんじゃん？　……ドキドキ、してくれてる？　してくれてなかったら割とショックだな一、みたいな……」

「そ、そんなの……ドキドキは、してるよ……」

「マ？　……あ、ありがと……」

「いやありがとうってなに？」

恥ずかしげに顔を逸らして呟く妻川さんに、俺はそうツッコむ。

……何というか、わかりやすく様子がおかしかった。昨日の妻川さんは明確に元気がない状態で、それも普段とは違ったけど、今日の妻川さんもまた少し変というか、いつもよりしおらしい感じがするな……。

「というか、妻川さんのボディタッチに関しては、ドキドキするからやめてほしい、っていうのが、俺の本音だから……そこに大きな意味はないってわかってても、俺みたいな陰キャ男子には、刺激が強すぎるんだよ……」

「そっか……あたしのボディタッチで、ちゃんとドキドキしてくれてるんだ……わかった！　それじゃああたしはこれからも、夜田にボディタッチしていくね！」

「一体なにをわかったんだお前は。俺はボディタッチをやめろと言ったのだが？」

「あたし、ボディタッチって別に、好きでも嫌いでもないんだけど――それで夜田があたしを好きになってくれるなら、頑張ってボディタッチしていくから！　乞うご期待！」

「好きでも嫌いでもないのに、頑張ってボディタッチするくらいなら、止めてもらってもいいんですよ？」

俺がそう言っても、妻川はツナサンドを齧りながら、楽しそうに笑うだけだった。柳に風、暖簾(のれん)に腕押し、といった言葉と同じ意味で――ギャルに説得、という言葉があってもいいのにな、と思う俺でした。

そうして、会話がひと段落したのち、俺達は大皿に載ったサンドイッチを減らす作業を再開する――「夜田はどのサンドイッチが好き？」「俺はタマゴサンドかな……」「わかる！ タマゴサンドうまいよね！ ちな、あたしは焼肉が一番好き！」「どのサンドイッチが好き？ って質問だったろうが。サンドイッチ縛りどこ行ったんだよ」「一体いつから、サンドイッチ縛りだと錯覚していた？」「急な藍染惣右介やめろ」――こんなどうでもいい会話をしながら、俺と妻川さんは二人で、遅めの朝食を食べ続けた。

そんなこんなで、十数分が経過した頃……徐々に満腹になってきた俺がタマゴサンドを齧っていたら、一方の妻川さんはBLTサンドを食べきりつつ、こんな質問をしてきた。

「夜田ってさ、映画とか見る？」

「映画？ まあ、それなりかな……高校生にしては観てる方かもしれない」

「そうなの？ あたしは、あんま映画観ないんだけど……何かのラノベでさ、『映画において、男女が一緒に食事を摂るシーンは、セックスのメタファーである』みたいなことが書かれててね？ ……夜田は知ってた？」

「い、いや……そうなのか……」

「ん、らしいんだよね。それで、質問なんだけど……あたし達って、いまなにしてる？」

彼女はそう言いながら、大皿からもう一つ、ツナサンドを手に取る。一方の俺は、ちょうど手元にあったタマゴサンドを食べ終え、次の一つを食べようか迷っているところだった。——大皿にあったサンドイッチはもう随分と減り、残り二つといった状況。俺と彼女はなんでもない話をしながら、大量にあった筈の朝食をここまで食べ進めていた。

それを確認したあとで、俺は妻川さんの「あたし達って、いまなにしてる？」という質問に、微妙な顔で答えるのだった。

「……サンドイッチを、食べてる……」

「や、もっと正確に言えし。そうじゃなくて——二人で一緒に、朝ご飯を食べてるんじゃん」

「「………」」

「朝から一緒にご飯食べるとか、エロすぎじゃない？」

「朝から一緒にご飯を食べてるだけなのに⁉」

「夕飯を一緒に食べるだけでもエロいのに、朝からなんてヤバすぎでしょ」

「落ち着け妻川さん。——俺達はいま、ただ一緒にサンドイッチを食べてるだけだ！　そこにエロさなんて微塵もないから！」

俺がそうツッコむと、妻川は満足げにからからと笑った。こ、こんなことが言いたいが為に、妻川さんはわざわざ、大量のサンドイッチを作ってくれたのか……？　俺が疑問に思っていたら、彼女は恥ずかしげに俺から顔を逸らしつつ、言葉を続ける。

どこか照れるみたいにそっぽを向く妻川さんの頬は、熟れた林檎のように赤らんでいて……だからこそ俺は、そんな彼女の横顔から目が離せなかった。

「そうだよ？　セックスの暗喩とか言って、結局は二人で、一緒にご飯を食べてるだけだし。でもね、夜田……あたしは、一緒に食べたかったの……」

「――――」

「夜田と一緒に、朝ご飯を食べたかった……そういう気持ちに、なってるんだよ……」

「…………っ」

言いながら、妻川はツナサンドを一口齧る。……先程までと変わらず、彼女はただ朝食を摂っているだけなのに、俺の目にはそれが、妖艶な行為に見えてしまった――。

唇に付着したツナを取るため、自身の口元を舌先でぺろっと舐める。湿らせた唇でもう一口、ぱくっ、と。大きなツナサンドに小さく齧りついた。

ゆっくり味わうような咀嚼。歯と歯が噛み合う音が控えめに響く。そうして、丁寧にツナサンドを味わった彼女は悪戯っぽく笑うと、人差し指で自身の唇をつうっとなぞった。

ピンク色のグロスが塗られた、艶やかな彼女の唇に、思わず目を奪われる……。

瞬間、心臓が原因不明の高鳴りを覚えた。別にえっちなことなんか何一つしていないのに、見方が変わっただけでどうして、妻川さんがサンドイッチを食べている姿がこんなにもエロく見えてしまうんだ……!?

俺がそう戦慄していたら、彼女は突然——二口だけ齧った、食べかけのツナサンドを俺に向かって差し出しながら、「お腹いっぱいになっちゃったから、あと食べて？」と言ってきた。妻川さんの歯形がくっきり残ったサンドイッチが、俺の眼前に突き出される。

なので、俺は困惑しながらも、弱々しい声でなんとか返答した。

「い、いや、妻川さん……それ、妻川さんの食べかけ、だし……」

「食べてくんないんだ？　そっか……それじゃあ、これは捨てるね……？」

「…………」

「夜田と食べたくて、夜田のために作ったサンドイッチだけど……夜田に、拒否されたから。じゃあ、捨てるしかないもん。捨てられるしか、ないじゃん……」

「……わ、わかった！　食べる！　食べるから！」

いまにも泣き出しそうな表情で俺の良心をちくちくする妻川に対して、俺は反射的にそう言ってしまった。すると、彼女は無邪気にニコッと笑ったのち——俺の手に、食べかけのツナサンドを押し付けてくる。

……妻川さんの歯形が残った部分を内側にするように、サンドイッチを二つ折りにし、更に三つ折りにする。そうして、出来る限りそれをコンパクトに畳んだ俺は、小さくなったツナサンドをそのまま口に放り込むと――それを乱暴に咀嚼した。

瞬間、ツナサンドの旨味が口いっぱいに広がったけど、そんなの知るか！　俺はできるだけ妻川さんの食べかけである事実ごと流し込むように、慌ててそれを嚥下する。

そしたら彼女は、熱に浮かされたような顔で俺を見つめながら、微笑むのだった。

「あたしの、食べてくれたんだ？」

「ど、どういう主旨の発言なんだよそれ……」

「んーん、別に？　ただ、食べてくれて嬉しいなって、そんだけ。……勝手に嬉しくなってるだけだから、気にしないで」

妻川さんはそう言ったのち、居住まいを正して俺を見つめる。次いで、未だ頬を赤らめたままの彼女は、堪えきれないみたいに笑みを零すと、大皿からBLTサンドを手に取りながら、こう続けた。――いや、お腹いっぱいになったんじゃないのかよ⁉

「ぶっちゃけ、こうなるとは思ってなかったなあ……あたしは確かにねずまよくんが好きで、だから夜田に興味を持ったけど――こうなるとは思ってなかった。夜田涼助って男の子に、こんな気持ちにさせられるなんて、思ってもみなかったよ……」

「つ、妻川さん……？」

「あたし、これがどういうものなのか、わかってなかった……もっと劇的なのかと思ってたし、じゃなかったら、もっと親しみやすいものなのかもって考えてたけど、どっちも違ったかな。──ずっと前からそうだったみたいに、この気持ちがあった。マジで特別なのに、あんま特別じゃないみたいに、あたしの真ん中にある……それが、これだったの」

「…………」

彼女は瞳を潤ませながら、俺のことをじーっと見つめる。

……一方の俺は、その眼差しがあまりにも真っ直ぐ過ぎたから、妻川さんの目を見返せなかった。彼女が紡ぐ抽象的な言葉を理解しようとすらできない。俺はただ、大皿に残ったあと一つのサンドイッチを、静かに見つめていた。

「もしかしたら、あたしはもう、そういう気持ちだったのに……それを見ようとしてなかっただけかもしんない。でも──もう、気持ちは固まったよ」

「…………」

「ねえ、夜田。あたしがいつか言ったこと、言い直してもいい？」

言われて、びくっ、と体が反応する。そこでようやく、彼女の目を見返せた。……何を言われるのか正確にはわからないけど、俺はただ──やめてくれ、とだけ思った。

せっかく、妻川さんと一緒にいる俺を、認めたくなってきたのに。

いまそれを言われてしまったら、俺はまた、あなたを遠ざけたくなってしまう——。

そんな感情を抱いていたら、妻川さんは無言で、手の中にあったBLTサンドを食べ始める。それから、しばし食事の時間があったのち……どこか決意したような顔でサンドイッチを食べ終えた彼女は、一つ息を吐くと、改めて俺に向き直った。

口をぱくぱくさせ、緊張を露わにする。唾をごくりと飲み込み、不安げに自身を掻き抱いた。「なんで緊張してんの、あたし……」と独り言を漏らしながら、妻川さんは再度、俺を見つめてくる。……そうして彼女は、純粋な気持ち一つを携えて。気軽さなどみじんも感じられない表情、震える声音で、俺にこう告げるのだった——。

「あ、あの、夜田……夜田くん！　あ、あたし……あたしとっ！　つ、付き——」

……………しかし、それからいくら待っても、その先の言葉は出てこない。

それを受けて俺が、彼女の目を改めて、真正面から見つめ返したら。

「————」

俺と目が合った妻川さんは、既に赤らんでいた顔を更に真っ赤にしたのち、自身の顔を

両手で覆うと、恥ずかしがるように俯いてしまった。

「え……え？」

彼女にしては珍しい、言葉に詰まる妻川さんを目の当たりにし、つい唖然とする俺。

そうして、長い沈黙が俺達の間に落ちる。彼女が何も言わないから、俺からも何も言えないでいたら——しばらくして。妻川さんはゆっくりと、俯けていた顔を上げた。

「……ぐすっ……うっ、ううっ……夜田ぁー……」

彼女は瞳からぼろぼろと、大粒の涙を零して泣いていた。

それは、自分がいま抱いている感情をどう処理したらいいのかわからなくて泣いている、子供のようだった。

そんな彼女を見た俺は、何故か反射的に——大皿の上に残されていた、最後のサンドイッチを手に取る。それから、隣に座る妻川さんに慌ててそれを差し出した。

「ど、どうぞ……」

「ううっ、ありがと……」

俺からタマゴサンドを受け取ると、妻川さんは自作のサンドイッチを、泣きながら食べ始める。……何でこんな行動に出たのか、自分でもよくわからない。

でもたぶん、俺は妻川さんに、少しでも元気になって欲しかったんだと思う。ただ、何も持っていない俺にできることは本当に少ないから——こんなしょうもない行動しか、起こせなかったのだ。

女の子の涙を止めるために、皿に残っていた最後のサンドイッチをあげるって、行動が童貞すぎるだろ……なんて自分で自分を恥じていたら、妻川はタマゴサンドをぺろりと食べ終えると、目元をごしごし擦って涙を拭った。——少し化粧の崩れた顔で、小さく笑みを作る。表情は浮かないけれど、彼女の話す声は、俺が思っていたより軽快だった。

「やっぱ、いまは言い直さなくていいや……自分で自分の気持ちに気づけたんだから、それでいいってことにしとこ。……なんか、あたしらしくないけど。でも、あたしらしくないって気づけてんだし、それでいいじゃん……」

そんな、自分を納得させるみたいな独り言を零したあとで、彼女は俺を見つめる。

涙は収まったけど、妻川さんは未だ瞳を潤ませたまま、こう口にした。

「ええと、そんで？　あたしは何が言いたかったんだっけ？」

「そんなの妻川さんにしかわかる訳なくないです？」

「ふふっ、だよね。——えーっと、だからつまり……あたしがしんどい時に、優しくしてくれてありがとねって、そんだけ！」

「あ、ああ……それが言いたかったのか……」

「うん、そう！　これからもちょくちょく泊まりに来るから、あたし専用の布団とか、夜田の部屋に用意しといてね！」

「やっぱギャルって厚かましいなおい……今回が特別なのであって、こんなこと、今後は絶対許可しないからな？」

「なんか夜田ん家に忘れ物でもしていこっーと！　そしたら、それを取りに行くのを言い訳にして、また夜田ん家に来れるもんね！　んー、なに忘れてこうかなー……」

「策士かよお前……妻川さんが何も忘れて行かないよう、徹底的にマークしておかなければ……！」

「ショーツでも置いていこうかな。それだったら、夜田も下手に触れない気がするし」

「頼むから勘弁してください。忘れずに持って帰ってください」

「あ。つかショーツって、いわゆる女性用下着、パンティのことね？　――あたしが穿いてんのは、リボン付きのピンクのやつ」

「そこはわかってたから説明しなくていいし、いま妻川さんが穿いてるパンティの情報って開示する必要ありました⁉」

「ふふっ、夜田が嬉しいかと思って」

「ううう嬉しい訳ねえだろ馬鹿ヤローこのヤローが！」

「そう言いながらめちゃくちゃニコニコしてんじゃねーかよ」

妻川さんはそんな言葉と共に、俺の肩を軽くパンチしてくる。……よかった、この場が和やかになって。別に嬉しくもないのに、妻川さんのパンツの情報を知れてニコニコした甲斐があったぜ！　──ほんとだよ？　俺はいま、彼女にツッコまれるためにわざとニコニコしたんだからな？　ほんとだよ？

俺がそんな風に脳内で言い訳をしていたら、妻川は久しぶりにからっとした笑顔を見せると、俺にこう尋ねた。

「これからも、一緒にいてくれる？」

「そ、それは、ええと……一緒にいるのを、理由もなく拒否はしないけど……」

「あ、言い方を間違えちゃった。──これからも一緒にいるから、よろしくね！」

「一緒にいるのは決定事項なのかよ……」

困り顔の俺がそうツッコむと、そんな俺を見て妻川さんは楽しげに笑う。

一方、笑顔の彼女を見た俺は、それと同時に、色んなことを考えてしまった──。

『あの、夜田……夜田くん！　あ、あたし……あたしとっ！　つ、付き──』

妻川がそれを言かけた時、俺は再度──やめてくれ、と思った。

それは、彼女が嫌いだからじゃない。……彼女を、気に入っているから。あの瞬間、妻川さんが以前とは違う、ちゃんとした感情を伴ったうえで、それを口にしていたら……もしかしたら俺は、後悔の残る選択をしてしまっていたかもしれない。

それは、受けても、断っても——どちらでもだ。

正直な話、受ける気はなかった。……だって俺にはまだ、そういう感情は生まれていないから。ついでに言えば、受け取る資格もないと思っているしな。だから、そっちの線はなかったと思うんだけど……であればこそ、彼女の申し出を断って、全てを失くすことが怖くなってしまった。

いま妻川にそれを言われたら、俺達はきっと、この関係を続けられなくなる——。

それを怖がって、そんなのは嫌だと思った俺は、つまり……妻川さんと一緒にいるこの状況を、楽しいと。

この関係を失いたくないと、そう考えてるってことか？

「…………」

「ちょ、あんま見ないでよ……化粧崩れちゃったから、ブスになってるし。見るなら、化粧が崩れてないあたしの方がよくない？」

「い、いや、別に……妻川さんを見てたわけじゃないから……」

俺はそう口にしつつ、慌てて妻川から視線を逸らした。

……頬がかっと熱くなったのを感じる。三次元の女は信じないと騒いでいた頃の自分を思い出す。――いつから、こうなってしまった？　妻川さんみたいなギャルとは友達になれないと、俺はいまでもそう思っているけど……そんな彼女と一緒にいられなくなることを、恐れてもいるなんて。

真性のオタクとして、いつでも心にATフィールドを張っていた筈だった。

しかし、彼女はいつの間にか、俺と一緒にいる。……気が付けば、彼女が専属モデルとして所属している『leg』の公式YouTubeを見るようになっていた。彼女からプレゼントされた紙の雑誌は、ふとした拍子にぱらぱらと読み返している。最近、俺がよくスマホを確認しているのは、彼女からのラインを無視しないようにするためだった。

結局のところ、俺は……妻川さんのことが、好きなんだ。

異性としてじゃない。友人としてじゃない。……人として。こんな俺にも優しくしてくれる、素敵な人として。俺は妻川さんのことが、好き――は言い過ぎか！　そうじゃなくて、好ましいと思っていた。

だから、彼女に想いを告げられそうになり、俺は怖くなった……。

それを断って、この関係を失いたくなかったし――それを受け入れられるほど、彼女のことが好きだと自信を持って言えない俺は、何を言えばいいのかわからなかったから、妻川さんにそれを言われるのを恐れてしまったんだ。……こんな自分の感情、整理したくなかったなあ！

内心でそう叫びつつ、俺は彼女の顔を、ちら、と窺い見る。

そののち……どうにも素直になれない俺だけど、妻川さんを好ましく思っているのは間違いないので、これだけは伝えなければと——今更ながら、彼女と食べた朝食について、正直な感想を口にするのだった。

「ごちそうさまでした。……サンドイッチ、美味しかった」

「ふふっ、やっと言ったじゃん。言うのおせーよ」

俺のその言葉を待ってくれていたみたいに、妻川さんはそう言って笑みを浮かべる。

そんな、弾けるような彼女の笑顔を目の当たりにした俺は、その瞬間——妻川さんがよく口にしている『好きぴ』というのがどういうものなのか、ちょっとだけわかったような気がしたのだった。

エピローグ　あたしとオタク

「……んんぅ……あ……夜田……夜田は……？」

夜田の家に泊まらせてもらった、翌朝。午前九時過ぎ。

夜田家の和室で目を覚ました私は、私が寝るまで一緒にいてくれた彼がいなくなっていないか確認するため、慌てて辺りを見回した。

すると――いた。

いままで眠っていた私の隣に、気持ちよさそうに寝息を立てる、夜田の姿があった。

「……よかった。いてくれた……」

ほっと胸を撫でおろし、改めて私の隣で眠る彼を見つめる。

……夜田を私のそばから離れさせないために、彼を和室に招き入れてからずっと、彼に話しかけ続けていたけど、どうやら途中で寝落ちしてしまったらしい。それでも夜田は未だ、私のそばにいてくれた。

正直な話、夜田のめんどくさい性格を鑑みるに、私が眠ったら自室に戻ってしまうと思っていたのに……そう考えながら視線をさまよわせていると、あることに気づいた。

「………あ」

――私はずっと、彼のパジャマの袖を、ぎゅっと摑んでいた。

それはまるで、遠恋している彼ピを、駅のホームで引き止めるみたいに。

「―――」

どくん、と大きく心臓が跳ねる。正体不明の心臓発作が、私に襲い掛かってきた。

どうして夜田がここにいてくれたのか、その理由がわかった――私が、彼の袖を摑んでいたからだ。でもそこには、物理的な拘束力なんて欠片もない。私が夜田の袖を摑むことで彼が受け取れるのは、『どこにも行かないで欲しい』という私の意志だけである。

「嘘じゃん……嘘……やばいって、マジで……」

つまり夜田は、私のそんなわがままな気持ちを、この小さなボディタッチ一つで汲み取って……私を、一人にしないでいてくれたんだ。

振りほどこうと思えば、簡単に振りほどける筈だった。……むしろ、それが普通だと思う。夜明けまでぐちぐちとどうでもいい話をする女が寝たんだから、もう自分の仕事は終わったとして、私の手を振り払い、自室に戻るのが当たり前なのに――。

でも夜田は、それをしなかった。しないでいてくれた。

……彼がここに残るまでに、どういう葛藤があったのかはわからない。もしかしたら私の気持ちを汲み取ってくれてはいなくて、ただ眠かったから私の隣で寝ただけっていう可能性も、もちろんあるけど――。

『妻川さんの隣にいていい人間だって思えないんだ』

そんな弱音を吐く彼が、私の隣で眠る自分を、そう簡単に許すとは思えない。

だから、きっと――いま私の隣で眠る彼は、ちゃんと私のために、ここでこうして眠ってくれていた。……一人にしないで、という私の気持ちを汲んだうえで、どこにも行かずにそっと寄り添い、私のそばにいてくれたのだ。

「はあ？　いや、ええ……？　ちょっと待ってよ、マジで……」

私の体の真ん中で、掻き毟りたくなるようなこそばゆい感情が、小さく産声を上げる。

友達でいいと思っていた。求められたら、この体を差し出せるくらいには好きだったけど……彼が認めてくれないままでも、一緒にいられたら幸せだなって、そう思っていた。

でも、もう、だめだ。

私はこんなにも夜田くんのことが、大好きで、大好きで、大好きでたまらない。

もちろんこれは、友人としての好きじゃない。

もうライクでは収まらない。もしかしたらラブでも収まらないかもしれない。注ぎすぎたミルクティーがコップから溢れるみたいに、私が抱いていた『好き』が、洪水のように溢れ出した。――好きすぎて、彼の顔を直視できない。これまで、夜田と一緒にいる時の私がどうして普通の友達みたいに彼と話せていたのか、わからなくなってしまった。

「夜田……ねずまよくん……夜田くん……」

触れて欲しい。夜田に、乱暴に触れて欲しい……。

私はそう思うことで初めて、恋愛感情っていうものがなんなのか、ちょっとだけ理解できた……ラノベで学んでいたつもりだったけど、そっか。自分で出す答えと、小説の中にある答えって、またちょっと違うのかもね。だからこれは、私の答えだけど――。

好きだから、いっぱい触りたい。

好きだから、いっぱい触って欲しい。

そんな風に思って、どうしようもなくなっちゃうのが、私の好きだった。

……そっかー。こうやって抱くことで初めてわかったけど、恋愛感情って別に、すげー尊いものでもないんじゃん。もちろん、普遍的なものでもない気はするけど……普通に特別、っていうくらいが丁度いいっていうか。

「でも、めっちゃ好き……好きだよ、夜田……」

夜田が眠っているのをいいことに、好きになった瞬間、彼に告白する私。……やば、聞こえてないから言ったのに、なんでこんな顔熱いの？　ふふっ、意味わかんな。

……つか、触りたい、触られたいってこの気持ちは、性欲となにが違うんだろ、って一瞬思ったけど、少し考えたら、それともちょっと違うのは、何となく理解できた。

たぶん、いま無防備な寝顔を晒（さら）している彼に触れたいこの気持ちは、ただの性欲じゃない。ぶっちゃけ、もうエッチはしたいんだけど、それはエッチがしたいんじゃなくて——夜田のことがガチで好きだから、その気持ちを伝えたい、伝えられたい手段として、彼とエッチがしたいんであって……言葉以外でも好きって言いたいから、夜田に抱かれたいっていう気持ちが、いま私が夜田に抱いている、恋焦がれるような感情だった。

極端な話、ペッティングで終わってもいい。

とにかく、彼に触れられたい……触れていたいという、性欲の混じらないぬくもりを欲しがる気持ちが、私の中で勝手に暴れて、どうしようもなくなっていた。

「……勝手にちゅーしたら、嫌いになる……？」

私は呟（つぶや）きつつ、未だ眠り続ける彼の顔に、自身の顔を近づけたけど——唇と唇を触れさせる直前で我に返り、慌てて顔を離した。

……や、何してんだよ私。これ、普通に夜這（よば）いだから。私の感情としては全然、少しも間違ってないし、だからしちゃってもいい気はするんだけど――どうせなら。ちゃんとお互いの合意が取れてから、そういうことはするべきだよね？

そう思い直した私は、夜田のパジャマの袖口を摑んでいた手を離すと、スマホを確認する。とりま、恋した男にすっぴんなんか見せられないし、ばっちり化粧をしたあとで、それでも彼が起きてなかったら、朝ご飯でも作ってあげようかな……。

「しゅきぴと朝ご飯とか、最高じゃん……ふふっ……」

私はそう呟きつつ、彼を起こさないよう、静かに立ち上がる。そのあとで、おもむろにスマホのカメラを夜田に向けると、ぱしゃ、と一枚だけ写真を撮った。えへへ……彼ピッピの写真、ゲットだぜ！

そうして、彼の眠る和室をあとにした私は、夜田家のリビングで「んーっ」と大きく伸びをしながら、カーテンの開いた窓から差し込んでくる朝日に照らされる。

好きな男の子ができた朝は、いつもより少しだけ、目に眩しい気がした。

それから時間はちょっと飛んで、夜田ん家をあとにした、正午過ぎ。

「……ただいま、パパ」

「……………おかえり」

妻川家に帰宅した私は、リビングにいたパパとそんな会話だけ交わしたのち、さっさと自分の部屋に引っ込む。

……私とパパはこうやって、冷戦状態を保つのがちょうどいいのかな、なんて考えながら自室に入った私は、仰向けの状態でベッドに飛び込むと——パパとの関係は一旦棚上げにしたのち、枕に向かってこう叫んだ。

「あああああああああああヤッバ無理いいいぃぃぃぃぃぃぃぃぃぃぃ！」

や、マジで何なん恋愛感情って！　好き好き大好き超愛してる！　夜田のことが好きすぎておかしくなりそう！　……これマジ⁉　みんなこんな気持ちで彼ピ作ってんの⁉　だいしゅきが止まんなくてしんどすぎなんだけど⁉

てか、ちょっと前、かなちゃむが彼ピと別れてガン泣きして、それ見て引いちゃったことがあったけど、こんな気持ちになんなら全然おかしくないじゃん！　むしろ普通！　あたし、夜田と別れたらあれ以上に泣く自信あるし！　まだ付き合ってもいねーけど！

「はあああ……ガチ幸せ……ガチで幸せだし、マジつれー……！」

意味不明な言葉が私の口から零れ出る。それは、より正確に言うなら——夜田っていうガチの好きぴができたのは嬉しいし、あいつと一緒にいられるだけで超幸せなんだけど、あいつと一緒にいられない時間があるのがめっちゃ鬱……みたいな感情だった。

「はあ……しゅきぴが大好きすぎて、つらい……」

私はそう呟きつつ、今朝撮った夜田の寝顔写真を、スマホのロック画面に設定する。そしたら、画面いっぱいに好きな男の顔面が映ったので、自分のスマホを胸の中でぎゅっと抱きしめた。……傍から見たらキモすぎるけど、別に誰が見てる訳でもないし？　これくらいはしてもいいよね？

そんな言い訳をすることで、自身のキモい行為を正当化したのち……私は、夜田に何も伝えられなかった今朝のことを、少しだけ思い出す——。

私はもう、夜田のことが大好きで大好きで仕方がなくて、だから彼といまの関係のままでいるのが、我慢ならなくなってしまった。

友達じゃ嫌だ。親友とか、友達のステップアップ先なんかマジでどうでもいい。

そうじゃなくて私は、あいつの恋人になりたい。いつでも好きな時に夜田に触れて、私を触ってもらえて……それが許される関係になりたかった。

だから私はちゃんと、彼に告白しなきゃいけなかったのに——。

『あの、夜田……夜田くん！　あ、あたし……あたしとっ！　つ、付き——』

私は今朝、夜田に対して、それを言えなかった。

こんなに、好きなのに。……や、違うか。こんなに好きだから、言えなかったんだ。

私があいつと、リアルで初めて会った日。テンションの上がった私はあいつに、こんな提案をしていた。


『じゃあさ、あたしと付き合おーよ』


それは、今朝の私がどうしても言いたくて、でも言えなかった言葉。

……少しだけ、皮肉かもしれない。ねずまよ君のことがなんか気になるなーってくらいの気持ちだったあの頃には、それを簡単に口にできたのに。その気持ちが本物になったとたん、言えなくなってしまうなんて……。

結局、あの日の私の『付き合おーよ』には、中身が伴ってなかったんだと思う。それを悪いとは考えてないし、あの時はあの時で、ちゃんと付き合いたいと思ったから、それを言いはしたんだけど……本当の好きを知ってしまったいまの私からしたら、あの告白はちょっとだけ、軽薄に感じられた。

てか、いまの私は、怖がってる……。

この、一人じゃ抱えきれないくらい重い感情を彼に渡して、それが受け取って貰えなかったら——私の心はどうなっちゃうんだろうって、そう思ってしまった。

だって、彼に告白して、渡す予定だったそれが——私の心の全部だから。

それを呆気なく捨てられてしまうのが、本当に怖い……フラれてしまったら、私の体の中にはたぶん、何も残らない。昔の私だったら、告白一つするだけで、私の心ごと気持ちを手渡したりはしなかったのに。いまはもう、彼に『あたしと付き合ってください』と言うことは、私の心そのものを渡すようなものになってしまっていた……。

だから私は、告白できずに泣いたのだ。

まだ、フラれてもいないのに……夜田にフラれたらどうしよう、そんなの生きていけないよ、と。心底、不安になってしまって——。

「……いつか、ちゃんと渡せるのかな……」

受け取ってもらえなかった時のことを考えて泣くようなギャルが、私の全部を。

未だ『ギャルとは友達になれない』と言い張り続けている、拗らせオタクの彼に。

……もう、渡せなくてもいいかな、とは思えない。いつか、知って欲しい。私があなたを、大好きだということを。

そして、応えて欲しい。私があげたぶんの気持ちと、同じだけの気持ちで。

もしかしたらこんなの、ただの夢物語かもしれない……そんなハッピーエンドが待っているなんて、都合のいい妄想でしかないのかもしれないけど、私は――ハッピーエンドの結末が訪れるラノベしか、好きじゃないから。

――だからきっと、大好きな彼とだって、結ばれることができる。

何の根拠もないのに、私はそんな、ギャルらしいプラス思考一つを抱いて……彼とのこれからに、思いを馳せるのだった。

「いつか大好きって言うから、大好きって言ってね？」

これが、私と彼の関係の始まり。プロローグとなる一場面。

もちろん、夜田との色恋が全てではないし、それだけに夢中になるような女を、彼は好きになってはくれないだろうけど――もし私の人生が、一冊のラノベだったとしたら。

いずれハッピーエンドを迎える私の物語はきっと、ここから始まるのだった。

了

あとがき

あとがきを書く時、読者さんにとって理想的なあとがきとは何なのか、ラノベ好きとしていつも考えてしまいます。……例えば、作品を解説する場として活用するのもいいと思いますし、個人的なエッセイを書き連ねるのも素敵だと思います。もちろん、おもしろに全振りして、カバー裏まであとがきを書くのとかもマジで最高。時雨沢(しぐさわ)先生大好き。

ただ、自分が最初に好きになった作家さんが、一貫して——作者は透明であればあるだけいい、という思想の持ち主で、それが僕の考え方の核としてあり……つまるところ、作品にとっての作者なんてノイズでしかないんだから、作者の人間性が垣間見(かいまみ)えてしまうあとがきなんて、ないのが一番なのかもしれないなあ、なんてことを、いち作家としては思うのですが——いちラノベ好きとしては。

自分が大好きな作品を書いた人のことがちょっとでもわかる『あとがき』は、なんなら本編より楽しい時もあるので、やっぱりあとがきはあった方がいいよなあ、なんて思ったりもするので、難しいですよね。……おいおい。こんなにも何か言っているようで何も言ってないあとがきってある？　もしかしなくても僕って、あとがきの才能ないのでは？

それでは、以下より謝辞を。

イラストを担当して下さった、鬼猫先生。……先生の描かれる絵は本当に美麗で、何よりキャラデザが天才すぎます！　最初のラフを頂いた時、自分の頭の中にあった妻川がそこにいて、死ぬほどビックリしました。最高のイラストをありがとうございます！

担当編集の伊藤さん。今回も色々とご指導ご鞭撻のほど、ありがとうございました。ちなみに、今作のタイトルも伊藤さんに考えて頂きました。天才かよ。

加えて、表紙に使わせて頂いた『転生王女と天才令嬢の魔法革命』の作者であられる鴉ぴえろ先生、イラストを担当されているきさらぎゆり先生も、ありがとうございました！　お二人の許諾がなければ、あの素敵な表紙は実現しませんでした。重ね重ね感謝を。

それから、これを手に取ってくれている親友や友人、家族もありがとう。あれから元気にしていますか？　これからも元気でいてくれたら嬉しいです。

最後に、このあとがきを読んでくれている、読者の皆様へ。

あとがきまで読んでくれてありがとう！　本作が、あなたにとってちょっとでも楽しい時間になってくれたなら、作者としてそれ以上に嬉しいことはありません。

ではでは。再会を祈って、またね！

二〇二三年五月下旬　川田戯曲

お便りはこちらまで

〒一〇二−八一七七
ファンタジア文庫編集部気付
川田戯曲（様）宛
鬼猫（様）宛

ラノベも俺も好きなギャル

令和５年７月20日　初版発行

著者――川田戯曲

発行者――山下直久

発　行――株式会社KADOKAWA
〒102-8177
東京都千代田区富士見2-13-3
0570-002-301（ナビダイヤル）

印刷所――株式会社暁印刷

製本所――本間製本株式会社

※定価はカバーに表示してあります。
●お問い合わせ
https://www.kadokawa.co.jp/（「お問い合わせ」へお進みください）
※内容によっては、お答えできない場合があります。
※サポートは日本国内のみとさせていただきます。
※Japanese text only

ISBN978-4-04-075060-6 C0193 ◇◇◇

「す、好きです!」「えっ? ススキです!?」。
陰キャ気味な高校生・加島龍斗は、
スクールカースト最上位&憧れの白河月愛に
罰ゲームきっかけで告白することになった。
予想外の「え、だって今わたしフリーだし」という理由で
付き合うことになった二人だが、
龍斗はイケメンサッカー部員に告白される
月愛の後をつけて盗み聞きしてみたり、
月愛は付き合ったばかりの龍斗を
当たり前のように自室に連れ込んでみたり。
付き合う友達も遊びも、何もかも違う2人だが、
日々そのギャップに驚き、受け入れ合い、
そして心を通わせ始める。
読むときっとステキな気分になれるラブストーリー、
大好評でシリーズ展開中!

ありふれた毎日も
全てが愛おしい。

「済」みな「キ」「ミ」と、
「ゼ」「ロ」な「オ」「レ」が、
き「合」いする「話」。